KB136426

카네기 꿈의 노트

카네기 꿈의 노트

1판 1쇄 인쇄 | 2014년 1월 17일
1판 1쇄 발행 | 2014년 1월 29일

지은이 | 최염순·유영진
펴낸이 | 이상배
펴낸곳 | 좋은꿈
기획·마케팅 | 이주항
책임편집 | 김수연

등록 | 2005년 7월 28일(제396-2005-000060)
주소 | 경기도 고양시 일상동구 경의로 19(백석동)
　　　현대밀라트 1차 C동 1411호 (우)410-908
전화 | 031-903-7684 팩스 | 031-813-7683
전자우편 | leebook77@hanmail.net

ⓒ 최염순·유영진, 좋은꿈 2014
ISBN 979-11-950231-5-8　03800

※좋은꿈 - 제1권 | 2014 - 1권

카네기 꿈의 노트

최염순 · 유영진 글

좋은꿈

너의 '꿈의 노트'를 채워라

누구에게나 꿈이 있을 것입니다. 10년 뒤, 20년 뒤 우리들 꿈의 노트는 잘 채워져 있을까요?

꿈의 노트는 어떻게 채워 가는 걸까요? 역사에 발자취를 남긴 인물들은 어떻게 꿈의 노트를 채워 갔을까요? 누군가 얘기해 줬으면 좋겠습니다. 누구에게 물어 봐야 할까요?

데일 카네기는 세계 최초로 '성인 교육 시장'을 연 인물입니다. 그가 성인들을 대상으로 교육했던 내용은 '꿈의 노트'를 채우기 위한 교육이었습니다. 어른들에게도 꿈의 노트를 채우는 일은 어려운 법이지요.

꿈의 노트를 채운다는 것은 우리들 인생 노트를 채우는 일과 같은 것이기 때문입니다. 인생을 어떻게 살아가느냐에 따라 꿈의 노트는 빛나는 행복과 성공의 노트가 될 수도 있고, 실패와 좌절의 노트가 될 수도 있는 것이지요.

『카네기 꿈의 노트』는 데일 카네기의 『인간관계론』, 『자기관리론』 등 그의 저서에서 주제를 뽑아 만든 책입니다. 어린 시절부터 자신의 인생을 바르게 가꿔, 꿈의 노트를 알차게 채워 갈 수 있도록 도와주기 위한 책이지요.

실패와 좌절의 순간을 극복하고 자신의 꿈을 열정적으로 이끌어 간 카네기는 말합니다.

다른 사람처럼 되고 싶다고 생각하며 괴로워해도
얻는 것은 없다. 나는 새로운 사람인 것이다.

카네기는 '인간 경영'이라는 말을 만들어 냈습니다. 스스로 자신을 경영해 보세요. 다른 사람을 부러워하지만 말고 자신의 삶을 경영해 보는 것입니다.

내 꿈의 노트는 그 누구도 채워 줄 수 없습니다. 자기 자신만이 자신을 소유할 수 있고, 자기 자신만이 스스로를 변화시키고, 발전시킬 수 있습니다. 카네기처럼 자신을 훌륭히 경영하여 여러분의 '꿈의 노트'를 멋지게 채워 가기 바랍니다.

2014년 1월 지은이

최염순·유영진

차 례

데일 카네기는 누구인가?

무엇을 할 것인가?
카네기는 자신을 위해 진지하게 고민했습니다.
그리고 깨달았습니다.
자신이 좋아하는 일을 하기로 말이지요.

데일 카네기는 1888년 미국 미주리 주 농가에서 태어났습니다. 웨렌스버그 사범대학을 졸업했으며, 1912년 YMCA(기독교청년회)에서 성인들을 대상으로 연설법 강좌를 시작하면서 세계적인 연설가이자 자기 경영의 대가가 되었습니다.

하지만 어린 시절 카네기에게서 세계적인 연설가의 모습은 찾아 볼 수 없지요. 그는 소극적이고 내성적인 성격 때문에 친구들과 잘 사귀지 못했습니다. 카네기는 그런 자신의 모습을 좋아하지 않았지요.

그러던 어느 날 카네기는 생각했습니다. 한 번뿐인 인생을 소극적으로 지내기에는 너무 아깝다는 것입니다.

카네기는 성격을 바꾸기로 결심했습니다. 그래서 용기를 내어 학교 연설반에 들어갔습니다. 처음에는 자신을 표현하는 일이 무척 힘들었지만 열심히 노력하자 차츰 변하기 시작했습니다. 자신감이 생겨 나고 누구보다 적극적으로 자기표현을 하게 되었지요. 그러자 성격도 적극적으로 바뀌었으며, 졸업반이 되었을 무렵에는 각종 연설대회를 휩쓸며 많은 상을 받았습니다.

인생의 전환점을 맞다

카네기가 사범대학을 다니고 있을 때였습니다. 어느 날 친구 프랭크를 만나 이야기를 나누었는데, 프랭크는 국제통신교육과정을 판매하고 판매 수수료와 하루 2달러의 호텔 경비를 받는다고 말했습니다.

카네기는 깜짝 놀랐습니다. 친구가 호텔 경비로 받는 2달러는 카네기가 사범대학을 졸업한 후 시골 학교 교사가 되어 벌 수 있는 하루 수입과 맞먹는 금액이었지요. 시골 학교 교사는 하루 수입인 2달러로 먹고 자는 것까지 해결해야 했습니다.

카네기는 그때 처음으로 돈을 버는 다양한 방법에 대해 생각하게 되었습니다. 그렇게 돈을 빨리 벌 수 있는 방법이 있다는 것도 처음 알았지요.

대학을 졸업한 카네기는 국제통신교육과정을 팔기로 마음먹었습니다. 교사에서 세일즈맨으로의 전환점을 맞은 것입니다.

하지만 판매는 쉬운 일이 아니었습니다. 더욱이 카네기가 할당받은 지역은 판매가 거의 불가능한 서부 네브래스카의 모래언덕 지역 중 일부였습니다. 그 지역의 몇 안 되는 주민들인 감자 농사꾼이나 목장주들은 교육 같은 것에 관심이 없었습니다.

카네기는 절망적인 상황에 놓이게 되었지요. 그래도 포기하지 않았습니다. 그리고 마침내 전화 가설원에게 전기 기술자가 될 수 있는 전기기술과정을 팔 수 있었습니다. 그것이 카네기가 국제통신교육과정 회사에서 판매한 처음이자 마지막이었습니다.

기회를 잡다

국제통신교육 회사를 그만둔 카네기는 서부 오마하에서 세일즈맨으로서 기회를 잡았습니다. 오마하 운송 회사에 취직을 한 것입니다. 카네기는 그 회사의 다코다 지점에서 정육점과 식료품 회사에 고기와 치즈를 판매하는 사원으로 일을 시작했습니다. 그가 맡은 지역은 최하위 판매 지점이었습니다. 카네기는 더 필사적으로 일했습니다. 그리하여 자신이 맡은 지역을 2년 만에 27개 지점 중 판매 1위 지점으로 만들 수 있었지요.

위기를 맞다

그러자 사장은 카네기에게 지점장 자리를 제안했습니다. 하지만 카네기는 거절했습니다. 뉴욕에 있는 드라마학교에서 연극을 공부하고 싶었거든요. 카네기는 뉴욕으로 향했습니다.

뉴욕에서 일 년 동안 무대에 올랐지만 인생은 생각대로 되지 않았습니다. 1909년 뉴욕의 카네기는 인생 최대의 위기에 놓여 있었습니다.

생계를 위해 트럭을 팔던 카네기는 하루하루가 지치고 힘든 나날이었습니다. 트럭이 어떻게 움직이는지 알지도 못하면서 트럭을 팔겠다고 돌아다니는 자신이 한심했습니다. 자신의 직업이 마음에 들지 않았던 카네기는 트럭에 대해 알려고 하지도 않았지요.

카네기는 바퀴벌레가 우글거리는 허름한 셋방에 살고, 날마다 불결하기 짝이 없는 싸구려 식당에 다녀야 하는 자신의 처지에 화가 났습니다.

카네기는 결단을 내려야 했습니다. 생계 때문에 원하지도 않는 일을 하면서 불결한 셋방과 진저리 나는 식사, 앞이 보이지 않는 미래에 좌절하고 있는 자신을 바꿔야만 했습니다.

꿈을 찾아서

무엇을 할 것인가?

카네기는 자신을 위해 진지하게 고민했습니다. 그리고 깨달았습니다. 자신이 좋아하는 일을 하기로 말이지요.

책을 읽고, 글 쓰는 것을 좋아했던 카네기는 사범대학에서 공부한 경험을 살려 강사를 하기로 결심했습니다. 그리하여 1912년 YMCA의 야간학교에서 성인들을 위한 강의를 맡게 되었습니다.

야간강좌의 교육생 대부분은 세일즈맨들이었습니다. 카네기는 교육과정 판매, 식료품 판매, 트럭 판매 등 다양한 세일즈 경험을 통해 세일즈맨의 고충을 잘 알고 있었습니다.

세일즈맨들은 고객을 방문하는 데 주저하지 않으며, 자신의 의견을 적극적으로 표현하는 자신감과 신중하게 판단할 수 있는 침착성을 갖기를 희망했습니다.

카네기는 충실히 강의 준비를 하고, 수강생들을 끊임없이 격려하며 열정적으로 강의를 했습니다. 카네기의 노력은 성과로 이어졌습니다. 수강생들이 강의에 만족하며 발전하기 시작한 것입니다.

나아가 카네기로부터 인간관계에 대한 더 많은 이야기를 듣기 원했지요. 카네기는 지나온 삶을 돌아보며 자신의 경험과 수강생들의 경험을 바탕으로 인간관계에 대한 글을 집필하기 시작했습니다. 그것이 지금도 세계인들의 사랑을 받고 있는 인간경영 지침서『카네기 인간관계론』이지요.

인생 위기의 순간에 꿈을 찾아 도전한 카네기는 비로소 자신이 원하는 삶을 살게 되었습니다. 그리고 전 세계 80여 개국에서 진행되고 있는 데일 카네기 코스를 통해 많은 사람들에게 꿈과 희망, 변화의 에너지를 선물하고 있답니다.

왜 꿈을 가져야 하는가?

이제부터 여러분은 미래를 꿈꿔야 합니다.
무엇이 되고 싶은지, 어떻게 살고 싶은지
여러분의 인생을 꿈꾸십시오.
그리고 그 꿈이 이루어질 것이라 믿고 열심히
노력하세요. 여러분의 꿈은 여러분이 포기하지
않는 한 아무도 빼앗아 갈 수 없으니까요.

1816년 6월 25일 노년의 백만장자 유진 랭이 뉴욕의 빈민촌인 할렘의 한 초등학교를 방문했습니다. 초등학교 졸업식의 특별 강사로 초빙을 받은 것입니다.

초등학교에는 48명의 졸업생들이 앉아 있었습니다. 53년 전 유진 랭 또한 졸업 가운과 사각모를 쓰고 같은 자리에 앉아 있었습니다. 극심한 가난과 범죄, 마약 등에 찌든 부모와 형제자매 등을 둔 그 옛날의 할렘과 다를 게 없었습니다.

유진 랭은 가슴이 뜨거워졌습니다. 할렘의 초등학생 90%가 고등학교를 졸업하지 못하고 중간에 학교를 그만둔다는 사실이 떠올랐습니다.

"졸업생 여러분, 이제부터 여러분은 미래를 꿈꿔야 합니다. 무엇이 되고 싶은지, 어떻게 살고 싶은지 여러분의 인생을 꿈꾸십시오. 그리고 그 꿈이 이루어질 것이라 믿고 열심히 노력하세요. 여러분의 꿈은 여러분이 포기하지 않는 한 아무도 빼앗아 갈 수 없으니까요. 대학교도 가세요. 만약 여러분이 어떤 일이 있어도 포기하지 않고 고등학교를 졸업한다면, 제가 대학 등록금을 내겠습니다."

어리둥절해 하던 아이들은 환호했습니다.

그렇게 6년 후 48명의 아이들 중 44명이 고등학교를 졸업하였고, 42명이 대학교에 입학했습니다.

그 기적 같은 일은, 아이들의 노력과 더불어 고등학교를 졸업할 수 있도록 6년이라는 시간 동안 그들의 꿈에 관심을 가져 주고 격려한 유진 랭의 정성이 있었기 때문입니다.

이후 유진 랭은 '나는 꿈이 있어요'라는 단체를 설립했습니다. 그리고 뉴욕의 뜻있는 사업가들과 함께 빈민가의 가난한 학생들에게 '꿈의 장학금'을 주며 학생들이 꿈을 키워 갈 수 있도록 도왔습니다.

"어린 학생들의 영혼은 무한한 가치를 갖고 있습니다. 우리는 그것을 존중해 주어야 합니다. 아이들이 자신을 고귀한 존재로 여기며, 희망을 가지고 노력할 수 있는 기회를 만들어 주어야 합니다. 이 세상에서 가장 위대한 체험은 새로운 소망으로 가득 차 있는 사람을 바라보는 것입니다. 세상에서 가장 행복한 사람은 다른 사람을 돕는 데에 자신의 돈과 시간, 정성을 투자하는 사람입니다. 위대한 교육이란 다음 세대를 믿어 주는 것입니다. 힘든 환경 속에 있는 아이들에게 노력할 기회를 주십시오. 그들에게 비전(내다보이는 장래의 상황)을 보여 주고, 비전을 향해 달려갈 수 있도록 격려해 주십시오. 조금이라도 힘이 있을 때 다음 세대의 꿈을 위해 투자하세요."

미국의 연구조사 단체가 1,500명을 두 분류로 구분하여 20년 동안 추적했습니다. 1,500명 중 80%는 자신이 원하는 일을 하기 위해 먼저 돈부터 벌어야 한다는 생각으로 직업을 선택한 사람들이었고, 나머지 20%는 돈보다는 하고 싶은 일이 먼저라는 생각으로 직업을 택했습니다. 20년 후 1,500명 중 101명이 백만장자가 되었는데, 그중 100명이 돈보다는 하고 싶은 일이 먼저라고 생각했던 사람들이었습니다.

하지만 처음부터 자신이 좋아하는 일을 찾기란 쉽지 않습니다. 좋아하는 일을 찾지 못하면 성공하지 못할까요? 아닙니다. 주어진 일에 최선을 다하고 열정적인 사람은 자신이 맡은 일을 좋아하게 되어 성공하지요.

헬렌 켈러는 말했습니다.

"앞을 못 보는 것은 불쌍한 일입니다. 그러나 비전을 갖지 못하는 사람은 장님보다 더 불쌍한 사람이지요."

보지도, 듣지도, 말하지도 못했지만 헬렌 켈러는 일생을 태양을 보면서 살았다고 했습니다. 그래서 어둠을 볼 시간이 없었다고 말했지요.

헬렌 켈러의 태양은 '비전'이었습니다. 꿈이 있었기 때문에, 보고 듣고 말하지 못하는 어둠 속에서도 밝게 빛나는 미래를 향해 나아갈 수 있었던 것이지요.

이처럼 꿈이 있는 사람은 쉽게 좌절하지 않고 꿈을 향해 최선을 다합니다. 그래서 우리에게는 꿈이 필요합니다.

꿈꾸는 꿈

꿈을 날짜와 함께 적어 놓으면 그것은 목표가 되고
목표를 잘게 나누면 계획이 되며, 그 계획을 실행에
옮기면 꿈은 실현된다.

    -그레그 S. 레이드

어른들은 아기가 태어나면 이런 이야기를 합니다.
"요 녀석은 커서 뭐가 될까?"

말도 못 하고 울음소리밖에 내지 못하는 갓난아기에게 어른들은 꿈을 심어 주기 시작합니다. 그렇게 일 년을 지내고 돌잔치를 할 때, 아기들은 태어나 첫 번째 꿈을 만나게 됩니다.

"마이크, 마이크 잡고 멋진 가수나 아나운서가 되어야지."

"아니야, 돈을 잡아야지. 그래서 부자가 되어라."

어른들은 마이크, 돈, 청진기, 판사 봉 등 다양한 물건들을 가져다 놓고 아기에게 돌잡이를 시킵니다. 아기가 청진기를 잡으면 의사가 되는 꿈을 갖게 되고, 판사 봉을 잡으면 판사가 되는 꿈을 갖게 되는 것이지요.

왜 어른들은 청진기가 뭔지, 판사 봉이 뭔지도 모르는 아기에게 돌잡이를 시키는 걸까요?

'꿈'.

그것은 모두 꿈 때문입니다.

엄마와 아빠는 아기를 갖게 되면 태몽이라는 것을 꿉니다. 태몽은 아기를 갖게 될 것을 예측하는 꿈이지요. 어른들은 그 꿈을 통해 아기의 성별, 미래에 어떤 모습이 될지 예측하기도 합니다.

"너를 가졌을 때 황금빛 잉어가 물에서 뛰노는 꿈을 꿨단다. 아마도 너는 올림픽에서 금메달을 따는 멋진 수영 선수가 되려나 보다!"

태몽은 잠자는 동안 꾸는 꿈이지만, 어른들은 그 꿈에 아기가 이루길 바라는 희망이나 이상 등을 담아 냅니다. 이처럼 사람들은 뱃속에 있을 때부터 꿈을 갖고 자라게 됩니다.

사람이 살아가는 데 있어서 갖추어야 할 수많은 조건들 중 왜 하필 '꿈'을 가장 먼저 심어 주는 걸까요?

그것은 꿈이 모든 조건들을 꿈꾸게 하기 때문입니다. 꿈이 있는 사람은 행복할 수 있고, 목표를 세울 수 있고, 그 꿈을 이루기 위해 노력하고 실천할 수 있습니다. 그리고 꿈이 있는 사람만이 성공을 맛볼 수 있지요.

꿈이 정말 행복을 가져오고, 목표도 생기게 하고, 성공도 맛볼 수 있게 할까요?

이름 없는 만화가가 있었습니다. 그는 무척 가난하여 끼니를 해결하기도 쉽지 않았습니다.

"제가 그린 만화입니다. 한번 봐 주십시오."

그는 만화를 팔기 위해 신문사, 출판사, 광고 회사 등 여러 곳을 돌아다녔습니다. 하지만 만화는 팔리지 않았습니다.

'내일은 팔 수 있을 거야. 누군가는 내 그림을 알아봐 줄 거야!'

배고픔에 지치고, 사람들의 외면에 지친 발걸음이었지만 그는 다시 한 번 힘을 냈습니다.

그리고 얼마 후 겨우겨우 한 교회의 행사 안내문 그리는 일을 맡게 되었습니다.

"허름한 창고지만 드디어 작업실이 생겼구나!"

그는 교회의 창고에 작업실 겸 잠자리를 마련했습니다. 그는 밤늦도록 그림을 그리며 꿈이 이루어질 날을 기다렸습니다.

그러던 어느 날이었습니다.

"찍찍."

생쥐 한 마리가 그의 허름한 창고를 찾아왔습니다.

"먹을 것을 찾아 이곳까지 온 거니?"

그가 말하자 생쥐는 책상 밑으로 쏙 들어갔습니다.

"먹을 것이 별로 없구나. 이 빵 조각이라도 먹을래?"

외롭고 힘든 생활을 하던 그는 생쥐가 자신의 집을 찾아온 손님인 것 같았습니다. 그래서 빵 조각을 내밀었습니다. 잠시 후 생쥐는 쪼르르 달려와 빵 조각을 물고 달아났습니다.

"찍찍."

그 후로 생쥐는 계속 그를 찾아왔습니다. 생쥐라는 새로운 친구가 생겼지만 그것 외에는 생활에 변화가 없었습니다. 꿈은 쉽게 이루어지지 않고, 가난한 생활은 계속됐지요.

"언제까지 홍보용 그림만 그려야 할까?"

그는 빵을 먹고 있는 생쥐를 보며 말했습니다. 생쥐는 그의 마음을 아는지 모르는지 그저 빵만 열심히 뜯어 먹었습니다. 그런 생쥐의 모습을 물끄러미 바라보던 그는 갑자기 그림을 그리기 시작했습니다. 꿈이 있는 그의 머릿속이 반짝 빛을 낸 것입니다. 그의 꿈을 따라 생쥐는 멋진 캐릭터로 변했지요.

그렇게 탄생한 것이 바로 '미키 마우스'입니다. 허름한 교회 창고에서 생쥐를 벗 삼아 생활했던 가난한 청년은 디즈니랜드를 만든 애니메이션의 황제, 월트 디즈니였습니다.

월트 디즈니는 미키 마우스, 도널드 덕 등을 탄생시킨 애니메이션의 황제입니다. 그가 세운 디즈니랜드는 어린이들이 꼭 한 번 가 보고 싶어 하는 꿈의 동산이지요.

월트 디즈니가 놀이동산 디즈니랜드를 세우고 많은 애니메이션으로 어린이들에게 꿈을 심어 줄 수 있었던 것은 자신의 꿈을 지키고 이루었기 때문입니다.

이처럼 꿈이란 다른 사람에게 새로운 희망과 꿈을 심어 주기도 하지요. 그리고 무엇보다 자신을 행복하게 만듭니다.

월트 디즈니는 한때 그림을 못 그린다는 이유로 광고 회사에서 쫓겨나기도 하고, 만화가 팔리지 않아 배고픔에 시달린 적도 있었습니다. 하지만 모든 것을 참고 견딜 수 있었던 것은 그에게 꿈이 있었기 때문입니다. 꿈이라는 목적이 있는 사람은 어떤 시련에도 좌절하지 않습니다. 시련에 아프고 흔들릴 때도 있지만 꿈이라는 목적이 있기 때문에 힘을 내고, 도전하고, 당당히 맞설 용기가 생기는 것이지요.

월트 디즈니는 말했습니다.

"꿈을 좇을 용기만 있다면 우리는 무슨 꿈이든 이룰 수 있다."

카네기처럼

자신의 재능을 찾아라

자신이 잘하는 것이 무엇인지 찾아 보세요. 꿈은 재능의 발전이기도 하니까요.

꾸준히 노력하라

꿈을 향해 도전할 때 자기 내부에서 위기의 순간이 올 수도 있어요. 지루함이 그것이지요. 세계적인 무용수도 매일 아침 똑같은 시간에 똑같은 스트레칭으로 몸을 풉니다. 반복은 때로 지루함을 가져올 수도 있지만, 꾸준한 반복과 노력은 꿈을 이루는 바탕이 됩니다.

꿈의 변화를 두려워하지 마라

성장 단계에서 우리는 많은 것을 보고 배우게 됩니다. 그 과정에서 새로운 꿈을 꾸기도 하지요. 꿈의 변화를 두려워하지 마세요. 꿈꾸지 않는 시간은 두려워해도 되지만, 꿈꾸는 시간은 두려워할 필요 없어요. 언젠가는 확신이 서는 꿈이 생겨날 테니까요.

꿈으로 가는 길, **목표**

인간은 재주가 없어서가 아니라 목표가 없어서 실패한다.

　−윌리엄 A 빌리 선데이

사람은 누구나 꿈을 가지고 살아갑니다. 하지만 모두가 꿈을 향해 걸어가는 것은 아니지요. 어떤 사람은 꿈을 향해 도전하지만, 어떤 사람은 꿈을 허공에 띄워놓고 하루하루 허송세월만 보냅니다.

몽골 속담에 이런 말이 있습니다.

"목표를 가지고 일하면 성공하고, 걱정을 가지고 일하면 슬픔만 쌓인다."

이 말은, 마음에 뚜렷한 목표가 있으면 성공하지만 걱정이나 의심 같은 것을 품고 일하면 결국 실패하게 된다는 뜻입니다.

꿈을 머릿속에만 띄워 놓고 허송세월하는 사람은 마음에 뚜렷한 목표가 없기 때문입니다. "내가 이걸 잘 할 수 있을까?", "시간이 좀 지나면 잘 할 수 있겠지? 지금은 아니야.", "내게 정말 어울리는 일일까?" 등 일을 시작하기도 전에 자신의 꿈이나 재능 등을 걱정하고 의심하는 사람이지요. 이런 사람은 마음속 걱정과 의심 때문에 꿈을 이루기 어렵습니다.

그렇다면 꿈을 이룬 사람은 어떨까요? 그도 똑같이 "내가 이걸 잘 할 수 있을까?" 걱정합니다. 하지만 한 가지를 더 생각합니다. "내가 이걸 잘 할 수 있을까?" 다음에 그것을 잘 하기 위해 해야 할 목표를 찾는 것이지요. 바로 다음 이야기 속 꼬마처럼 말입니다.

"아빠, 정말 트로이 전쟁이 있었어요?"
"그건 아니야."
"아니라고요?"
"그래. 고대 그리스의 시인 호메로스가 만든 이야기일 뿐이야."
"정말요?"
여덟 살 꼬마는 토로이 전쟁이 꾸며 낸 이야기라는 것을 믿을 수 없었습니다. 왠지 진짜 있었던 일처럼 느껴졌습니다. 어딘가에 멸망한 트로이의 유적이 남아 있을 것만 같았지요.

"고대 그리스는 존재했어. 그렇다면 트로이 또한 존재했을 거야. 다만 사람들한테 잊혀졌을 뿐이지. 사람들이 잃어버린 트로이를 내가 찾고 말 테야."

호기심 많은 여덟 살 꼬마에게 처음으로 꿈이 생겼습니다. 그 꿈은 사람들에게 잊혀 버린 이야기 속 트로이를 찾는 것이었지요.

"그런데 트로이를 어떻게 찾지?"

꿈은 생겼지만 꿈을 어떻게 실현시켜야 할지 꼬마는 막막했습니다.

"그래, 우선 역사를 공부해야 해. 세계 여러 나라의 역사책을 살펴보면 트로이의 흔적이 남아 있을 거야."

"그리스와의 전쟁이니까 그리스 역사를 더 자세히 살펴보면 될 거야."

"아, 그리스 어를 공부해야겠다. 그래서 직접 그리스 어로 된 책들을 보고, 그리스 지역부터 찾아 보는 거야!"

꼬마는 꿈을 실현시키기 위해 해야 할 일들을 꼼꼼하게 적기 시작했습니다.

"이젠 막막하지 않아. 목표가 생겼으니 그것만 따라 가면 돼!"

그날 이후 호기심 가득한 꼬마는 꿈을 향해 목표라는 길을 따라 한 발 한 발 나아가기 시작했습니다.

"아빠, 그리스 어를 공부하고 싶어요!"

집안 형편이 좋지 않았던 꼬마는 아빠에게 책을 구해 줄 것을 부탁하여 스스로 공부했습니다. 그리하여 열네 살이 되었을 때는 그리스 어, 영어, 러시아 어 등 여러 나라 말을 할 수 있게 되었지요.

"유적을 발굴하는 것은 많은 시간과 노력, 돈이 필요한 일이야. 그렇다면 돈이 많이 있어야겠지!"

청년이 된 꼬마는 여덟 살 때의 꿈을 포기하지 않고, 그 꿈을 향해 새로운 목표를 세웠습니다. 그리하여 사업가로 이름을 날리며 많은 재산을 모았습니다. 그리고 발굴을 잘 하기 위해 고대 유물이나 인류 생활 등을 연구하는 고고학까지 공부했지요.

그 청년의 이름은 하인리히 슐리만이었습니다. 미케네 문명과 트로이 문명을 발견한 고고학자였지요.

그는 1870년 40대 후반의 나이에 본격적으로 트로이 유적 발굴을 시작했습니다. 1870년부터 1890년까지 20여 년의 발굴을 통해, 트로이가 호메로스가 지어 낸 이야기가 아니라 역사 속에 존재했던 것임을 증명해 냈습니다. 수십 년에 걸친 꼬마의 꿈이 정말로 이루어진 것이었습니다.

스스로 꿈을 만들고, 그 꿈을 향해 목표를 세우고, 마침내 꿈을 이룬 호기심 많던 꼬마는 하인리히 슐리만입니다.

이야기 속 거대한 트로이 목마는 슐리만의 호기심을 자극했고, 꿈이 되었습니다. 하지만 꿈을 이루는 과정은 쉽지 않았습니다. 교사나 판사, 의사처럼 눈에 보이는 꿈이 아니었기 때문입니다. 사람들은 트로이 유적이 가짜라고 말했고, 그것을 찾겠다는 슐리만을 어리석은 사람이라고 했으니까요.

하지만 슐리만은 자신의 꿈을 포기하지 않았습니다. 어느 지역에 있을지 모르는 트로이를 찾기 위해 여러 나라의 언어를 공부하고, 유적 발굴에 쓸 돈을 마련하기 위해 열심히 노력하여 많은 재산을 모았습니다. 고고학도 공부하고, 수십 년 동안 여행과 발굴 등을 통해 마침내 트로이 유적을 찾아내며 꿈을 이루었습니다.

꿈이란 삶입니다. 꿈을 계획하고 목표를 세우는 것은 삶을 계획하는 것이며, 우리가 하루하루를 계획하고 충실히 실천해 나가는 것은 꿈을 충실히 실천해 나가는 것이나 다름없지요.

카네기처럼

목표를 제대로 세워야 꿈을 이룬다

꿈이 집이라면 목표는 집을 만드는 기둥이에요. 때문에 단번에 꿈을 이루겠다는 욕심은 버려야 해요. 기둥을 세워야 벽도 쌓고, 지붕도 올리고, 문도 만들 수 있는 것이니까요.

목표는 실천 가능한 것이어야 한다

큰 꿈을 이루기 위한 목표는 실천 가능한 것이어야 해요. 실천할 수도 없는 것을 목표로 삼는다면 꿈을 이루기도 전에 지쳐서 포기하고 말 테니까요.

목표를 구체화시켜라

여행가가 꿈인 사람이 있습니다. 그는 실천 가능한 목표로 영어 잘하기를 정했어요. 그리고 하루 한 시간 영어 회화 공부하기, 하루에 영어 단어 10개 외우기 등을 실천했답니다.

목표를 이룰 때마다 칭찬해라

매일 그날의 목표를 달성했다면 스스로에게 칭찬해 주세요. 그럴 때마다 목표는 꿈을 향해 쑥쑥 성장할 거예요.

의미를 만드는 **실천**

목표와 방향이 뚜렷하지 못할지라도 그날 그날 자기의
일을 충실히 해 나가는 사람에게는 저절로 길이 열린다.
　-그로위트

생각 속에만 집을 짓는 것은 의미 있는 일이 아닙니
다. 생각 속에서 우리는 대통령도 될 수 있고, 멋
진 연예인도, 세계 경제를 이끄는 경영자도 될 수 있습니다.
하지만 생각 속의 일이 의미 있는 일이 되려면 그것을 구체
화시키고 생각 밖으로 끄집어내야 합니다. 그것이 바로 실
천이지요.

프랑스의 시인 알랭은 다리를 움직이지 않고는 아무리 좁
은 도랑도 건널 수 없다고 했습니다. 소원과 목적이 있어도
노력이 뒤따르지 않으면 좋은 환경에 있어도 아무 소용이 없
다고 했지요. 꿈을 이룰 만한 조건들을 가지고 있다고 해도

실천이 뒤따르지 않으면 이룰 수 없다는 것입니다.

한가한 사람은 고인 물처럼 썩어 버린다고 합니다. 아무리 뛰어난 재능을 가지고 있어도 그것을 활용하지 않으면 그 재능 또한 사라지고 말지요.

우리의 꿈이 미래에 빛을 발하기 위해서는 지금 당장 무엇인가 실천해야 하는 것입니다.

영국에 토머스 칼라일이라는 학자가 있었습니다. 그는 밤낮없이 무언가 쓰고 또 썼습니다.

"드디어, 드디어 완성했어!"

그는 2년이라는 긴 시간 동안 한 편의 역사책을 완성했습니다. 그것은 프랑스 혁명에 관한 것으로, 오랜 시간의 자료 조사와 글쓰기를 통해 이루어 낸 고통과 인내의 작품이었습니다.

"친구, 드디어 완성했네. 자네가 한번 봐 주게."

토머스는 친구 존에게 원고를 건넸습니다.

"알겠네. 내가 성심껏 읽어 보겠네. 그동안 수고 많았어!"

존은 토머스의 원고를 받아 들고 집으로 향했습니다. 토머스는 오랜 노력 끝에 탄생한 원고를 뿌듯해 하며 편히 쉬었습니다.

그렇게 며칠이 지난 뒤였습니다.

"토머스, 토머스!"

친구 존이 헐레벌떡 달려왔습니다.

"왜 그러나?"

"이를 어째. 미안하네, 정말 미안해."

존은 붉어진 얼굴로 어쩔 줄 몰랐습니다.

"뭐가 미안하다는 거야?"

"우리 집 하녀가 자네 원고를……."

"내 원고를 왜?"

"자네가 쓴 원고가 불쏘시개로 쓰일 종이인 줄 알고 그만……."

"태웠다는 거야?"

"응, 정말 미안하네. 내가 관리를 잘 했어야 했는데."

친구의 말에 토머스는 그 자리에 주저앉고 말았습니다. 수천 장에 달하는 방대한 원고가 한 순간에 재가 되어 버린 것이었습니다.

토머스는 시름시름 앓기 시작했습니다. 수년 동안의 노력이 물거품이 되고 말았으니 기운이 날 리가 없었지요.

"이건 정말 말도 안 돼."

몇 날 며칠 집 안에 처박혀 울고, 화내고, 절망하며 지내던 토머스는 답답하고 우울한 마음에 거리로 나섰습니다.

"나는 이렇게 괴롭고 절망스러운데, 세상은 잘 돌아가는

구나."

토머스는 거리의 나무, 풀, 사람들을 보며 한숨을 내쉬었습니다.

그러다 한 벽돌공이 담장을 만드는 것을 보게 되었습니다. 그는 땀을 뻘뻘 흘리며 한 장 한 장 벽돌을 쌓았습니다. 그가 쌓은 벽돌은 한 장 한 장이 더해져 점점 높고 넓은 담장이 되어 갔습니다.

"그래, 처음부터 큰 담장은 없어. 큰 담장도 한 장 한 장이 모여서 만들어진 거야. 저 벽돌공이 담장을 쌓겠다는 생각을 벽돌 한 장 한 장으로 실천하듯이, 나 또한 내 머릿속에 있는 수천 장의 프랑스 혁명을 한 장 한 장 다시 써 내려가면 돼!"

토머스는 벽돌공의 모습을 보면서 절망스러웠던 마음을 추슬렀습니다. 그리고 용기 내어 다시 프랑스 혁명에 대해 쓰기 시작했습니다.

"나는 오늘 반드시 한 장을 쓸 거야. 처음 프랑스 혁명을 쓰기 시작할 때도 한 장부터 시작했잖아. 나는 다시 할 수 있어!"

토머스는 이렇게 다짐하고 그대로 실천했습니다.

그리하여 처음 썼던 원고보다 더 멋진 원고를 완성할 수 있었습니다.

토머스 칼라일은 영국의 비평가 겸 역사가입니다. 역사책인 『프랑스 혁명』은 그의 대표작으로, 프랑스 혁명 이야기를 통해 지배 계급의 잘못된 정치를 비판하고 영웅적 지도자의 필요성을 주장하여 많은 호평을 받았습니다.

토머스 칼라일은 "우리에게 중요한 일은 멀리 희미하게 놓여 있는 것을 바라보는 것이 아니라 가까이에 있는 것을 행동으로 옮기는 것이다."라며 실천의 중요성을 얘기했습니다.

미국의 소설가 헤밍웨이는 '움직임과 행동을 혼동하지 말라'고 했습니다. 무슨 차이가 있을까요?

움직임은 의지나 목표가 없는 것입니다. 따라서 실천이 따르지 않지요. 하지만 행동은 의지나 목표가 있는 움직임입니다. 따라서 행동은 실천이 되는 것입니다.

목적 없이 빈둥거리는 것은 거리의 비닐봉지가 바람에 날리는 것과 마찬가지입니다. 하루를 목적 없이 보내지 말고, 계획에 따라 실천하세요.

카네기처럼

계획표를 짜라
계획표를 짜면 실천할 행동이 뚜렷하게 보여요.

시계를 차자
시계를 가까이 두세요. 시간을 관리하면 실천을 좀 더 효과적으로 할 수 있지요.

말을 신중히 하자
어떤 약속이나 다짐을 할 때는 그것을 실천할 수 있을지 먼저 생각하세요. 실천하지 못하는 것이 많아지면, 실천하지 못하는 행동이 습관이 될 수 있어요.

일상에서 성취감을 얻자
실천은 성취감을 가져다주므로, 할 수 있는 일부터 차근차근 실천해 나가세요.

인생을 만드는 생각

근심하지 마라, 근심은 인생을 그늘지게 한다.

　　－페스탈로치

사람은 늘 생각하며 살아갑니다. "놀고 싶다, 게임 하고 싶다, 공부해야 하는데, 시험은 잘 볼 수 있을까, 무얼 먹지?" 하루 종일 수많은 생각을 하지요.

살아 있는 동안 우리는 끊임없이 생각하므로, 생각이 인생을 만든다고 할 수 있지요.

그런데 인간의 생각은 참 다양합니다. 같은 일을 겪고도 사람마다 다른 생각을 하지요. 그것은 크게 긍정적인 생각과 부정적인 생각으로 나눌 수 있습니다. 이것을 생각의 두 얼굴이라고 하지요. 생각의 두 얼굴은 우리 인생을 어떻게 바꿔 놓을까요?

미국에 닉이라는 평범한 회사원이 있었습니다. 그는 성실했지만 자신을 볼품없는 사람이라고 생각했습니다. 별다른 재주도 욕망도 없다고 생각했지요. 맡은 일을 성실하게 했지만, 즐겁게 하지는 않았습니다.

"나는 왜 이렇게 일이 많은 거야? 언제까지 이렇게 살아야 하는 거야?"

늘 이렇게 투덜댔습니다.

"내 삶은 왜 아무런 재미가 없을까?"

"취미를 좀 가져 봐. 테니스 어때?"

친구들은 닉에게 여러 가지 조언을 해 주었습니다.

"나는 팔 힘이 약해서 테니스 같은 것은 안 돼."

"그럼, 자전거를 배워 봐."

"위험해. 거리에 차들이 얼마나 많은데."

닉은 언제나 좋은 면보다는 부정적인 면을 먼저 이야기했습니다.

"그렇게 불만투성이니까 사는 게 재미없지. 긍정적으로 생각해 봐. 너의 삶도 좋게 변할 거야."

한 친구는 진심 어린 충고를 했어요. 하지만 닉에게는 아무 소용없었어요. 오히려 자신을 이해하지 못한다면서 다시는 그 친구를 만나지 않았지요.

그러던 어느 날이었습니다.

바쁘게 회사 일을 보던 닉이 냉동 창고에 갇히고 말았습니다.

"여보세요, 거기 누구 없어요? 사람이 갇혔어요."

닉은 냉동 창고 문을 마구 두드렸습니다. 하지만 아무리 두드려도 문은 열리지 않았습니다.

"살려 주세요. 살려 주세요."

닉은 온몸이 바들바들 떨렸습니다. 추워서 견딜 수가 없었지요.

"아, 아무도 안 나타나면 어쩌지? 이대로 있다가는 얼어 죽고 말겠지. 나는 이제 죽는 건가."

닉은 냉동 창고 문 앞에 쭈그리고 앉았어요. 더 이상 문 두드릴 힘도 없었지요.

다음 날 아침 닉은 냉동 창고 안에서 죽은 채 발견되었습니다.

"닉이 얼어 죽었다는 것이 사실이야?"

"그래, 의사가 분명 동사라고 했어."

"말도 안 돼. 냉동 창고의 온도는 16.5도인걸."

"뭐라고?"

"냉동 창고가 고장 나서 얼마 전부터 계속 16.5도로 유지되고 있었단 말이야."

"그런데 어떻게 얼어 죽었지?"

동료들은 닉의 사망 원인이 동사라는 것을 믿을 수 없었습니다. 하지만 의사의 의견은 닉이 분명 동사했다는 것이었습니다. 16.5도의 따뜻한 창고 안에서 얼어 죽다니, 도대체 어떻게 된 일일까요?

이유는 생각 때문이었습니다. 닉은 냉동 창고에 갇힌 순간부터 평소대로 부정적인 생각만 했습니다. 냉동 창고이니까 적어도 영하 18도는 될 거라고 생각한 것이지요.

"영하 18도에서 따뜻한 불도 없이 사람이 살 수 있을까? 살 수 없을 거야. 나라고 별 수 있나. 나에게는 불도 없고, 내 몸을 감싸 줄 따뜻한 이불도 없어. 아무리 문을 두드려도 사람은 오지 않아. 나는 이 추운 냉동 창고 안에서 밤을 새워야 해. 하지만 밤을 샐 수 없을 거야. 그 전에 얼어 죽을 테니까. 벌써부터 손이 굳는 것 같아."

닉의 부정적인 생각은 16.5도의 따뜻한 창고 안을 영하 18도로 바꿔 놓았습니다. 그러자 불지도 않는 찬 바람이 창고 안을 가득 채웠고, 몸이 점점 굳고 동상이 걸렸습니다. 그리고 마침내 심장마저 꽁꽁 얼어붙고 만 것입니다.

생각은 이처럼 사람의 정신과 육체를 지배합니다. 어떤 생각을 가지느냐에 따라 사람의 인생은 달라지지요. 닉처럼 부정적인 생각만 한다면 인생은 결코 행복하지도, 즐겁지도 않을 것입니다.

영국의 극작가 버나드 쇼는, 성공하는 사람은 자기가 바라는 환경을 찾아내는 사람이라고 했습니다. 찾지 못하면 자신이 직접 만들면 된다고 했지요.

실패한 사람들 중에는 "나는 가난해서 공부를 못 했어.", "우리 마을에는 그런 것을 배울 만한 곳이 없었어."라며 환경을 탓하는 사람들이 많습니다. 하지만 가만히 살펴보면 실패한 사람들은 환경 때문이 아니라 자신의 생각 때문에 실패한 것입니다. "우리 형편에는 할 수 없어, 우리 동네에서는 할 수 없어."라고 부정적인 생각을 하기 때문에 성공할 수 없었던 것이지요.

영국의 작가 셰익스피어는 "사람은 마음이 즐거우면 종일 걸어도 싫지 않으나, 근심이 있으면 조금만 걸어도 싫증이 난다. 인생도 이와 같으니, 언제나 명랑하고 유쾌한 마음으로 살아야 한다."라고 했습니다.

링컨, 프랭클린, 안데르센, 밀레 등 수많은 위인들은 열악한 환경에서 성공한 사람들입니다. 그들 모두 긍정적 사고로 열악한 환경을 이겨 내고 역사에 이름을 남긴 것이지요.

카네기처럼

"할 수 없어."라는 말을 버려라

시작도 하기 전에 "할 수 없어."라고 말하지 마세요. "할 수 없어."라는 말은 "하지 않겠다."라는 말과 같은 것으로, 우리의 도전 정신을 갉아먹거든요.

잘못을 인정하라

자신의 잘못을 부정하려 하지 마세요. 부정하려 하면 자신의 참모습을 제대로 볼 수 없어요. 잘못을 인정하고, 고치려고 노력하면 자신의 모습을 좀 더 멋지게 바꿀 수 있을 거예요.

지나친 후회에 빠지지 마라

반성과 후회는 잘못을 되돌아보는 좋은 기회예요. 하지만 잘못에 연연하며 지나친 후회에 빠져 지내다 보면 앞으로 나아갈 수 없어요. 긍정적으로 훌훌 털고 일어나 새롭게 도전하는 것이 우리의 정신을 건강하게 하지요.

자신을 사랑하고 존중하라

자신을 사랑하고, 스스로 존중해 보세요. 그러면 마음에 긍정의 에너지가 마구 샘솟을 거예요.

건강한 말, 칭찬

칭찬의 효과는 각기 달라서
슬기로운 자는 겸손하게 받아들이지만
어리석은 자는 더욱 교만해지기도 한다.

　-오웬 펠담

루마니아 속담에 "소는 뿔로, 사람은 혀로 이어진다."라는 말이 있습니다. 이 말은, 사람의 관계는 말로 맺어진다는 뜻이지요.

　우리나라 속담에는 "입만 있으면 서울 이 서방 집도 찾아간다."라는 말이 있습니다. 말만 잘하면 힘든 일도 잘 해낼 수 있다는 뜻입니다.

　코카시아에는 "가장 예리한 것도 혀, 가장 쓴 것도 혀, 가장 단 것도 혀."라는 말이 있습니다. 때로는 가장 날카롭고 예리한 무기가 될 수 있는 것이 말이고, 그래서 쓰디쓴 고통을 안겨 주기도 하지만 세상 그 무엇보다 사람을 행복하게 해 주는 것 또한 말이라는 뜻이 담겨 있지요.

위의 속담들을 보면 사람은 말로 관계를 맺고, 말로 문제를 해결하기도 하고, 말로 상처받기도 하고, 말로 행복해지기도 한다는 것을 알 수 있습니다.

정말 말이 사람에게 상처를 입히기도 하고, 행복을 선사하기도 하는 걸까요?

한 아이가 울면서 집으로 들어왔습니다.

"왜 그래?"

엄마가 아이를 달래며 물었습니다. 하지만 아이는 아무런 대답도 하지 않고 계속 울기만 했습니다. 엄마는 아이를 꼭 안아 주었습니다. 말을 안 해도 아이가 왜 우는지 알 수 있었으니까요.

"친구들이 또 말더듬이라고 놀렸구나?"

엄마는 깊은 한숨이 나왔습니다. 아이들이 놀리는 것은 속상하지만, 아들이 말더듬이인 것은 사실이었으니까요.

더듬지 말고 또박또박 말을 하라고 해도 아이는 계속 말을 더듬었습니다. 도저히 해결 방법을 찾을 수가 없었지요.

아이는 말을 더듬는 자신이 미웠고, 말더듬이라고 놀리는 친구들이 미웠습니다. 말 하나 때문에 아이의 주변은 미움으로 가득했지요. 말을 더듬는 것이 싫어서 말을 하지 않는 날들도 많아졌습니다.

"축하합니다!"

아이는 어른이 되어 세계적인 기업 GE(제너럴일렉트릭)의 최연소 최고 경영자가 되었습니다.

마음에 미움을 품고 살던 말더듬이 아이가 어떻게 최고 경영자가 될 수 있었을까요? 그 아이에게 무슨 일이 벌어진 것일까요?

"엄마하고 책 읽을까?"

엄마는 동화책을 들고 아이에게 다가왔습니다. 아이는 늘 그랬듯 책을 읽으려 하지 않았습니다. 책을 집어 던지기까지 했지요.

"엄마가 생각해 봤는데, 너는 말이 느린 게 아니야. 생각의 속도가 빠른 거야."

엄마의 말에 아이는 책 집어 던지는 것을 멈췄습니다.

"생각의 속도가 너무 빨라서 입이 그 속도를 따라가지 못하는 거야. 그래서 말이 느려지고, 더듬게 되는 거야."

"저저어엉마알요?"

"그럼."

엄마는 더 이상 아이가 불쌍하다거나, 놀린 친구들을 혼내 준다거나 하는 말을 하지 않았습니다. 대신 아이와 책을 읽으며 칭찬해 주기 시작했습니다.

"정말 잘 읽는구나. 입의 속도도 점점 빨라지고 있네. 우리 아들 정말 멋진데!"

엄마의 칭찬에 아이는 하루하루 자신감을 회복했습니다. 주위에 있던 미움이 하나 둘 걷히고 행복이 찾아오기 시작했지요.

탈무드에 "부드러운 말은 사람을 살리고, 악한 말은 사람을 죽인다."라는 말이 있습니다. 친구들로부터 말더듬이, 바보, 벙어리라는 놀림을 받을 때 아이는 미움 속에 살았지만, 잘한다, 멋지다 등 칭찬을 들을 때는 주변이 행복으로 바뀌었습니다.

지금 여러분의 입에는 부드러운 말이 있나요, 거친 말이 있나요? 지금부터 여러분의 말을 건강한 말, 아름다운 말로 바꿔 보세요.

잭 웰치는 미국의 전기·전자 회사인 GE(제너럴일렉트릭)에 평사원으로 입사해 최고 경영자가 된 인물입니다. 최연소로 최고 경영자가 되어 20년 동안이나 GE를 이끌었지요. 그가 회사를 이끄는 동안 GE는 세계에서 가장 존경받는 기업으로 성장했습니다.

어린 시절 '말더듬이 잭'으로 불리던 소년이 훗날 GE의 경영자가 되어 '세계의 경영인'이라 불릴 수 있었던 것은 칭찬 덕분이었습니다. 엄마의 칭찬이 잭에게 자신감을 불어넣었고, 그 자신감이 잭의 미래를 바꿔 놓은 것이지요.

칭찬은 이처럼 큰 힘을 가지고 있습니다. 긍정의 에너지가 되어 우리를 변화시키지요.

하지만 자신이 한 일보다 더 큰 칭찬을 받을 때는 경계해야 합니다. 칭찬은 때로 우리를 교만하게 만들기도 하니까요.

칭찬이 긍정의 에너지가 되려면 칭찬받은 것을 더욱 발전시켜야 합니다. 그래야 비로소 칭찬 에너지가 효과를 발휘하지요.

카네기처럼

칭찬받을 일을 해라

칭찬받고 싶다면 칭찬받을 일을 하세요. 칭찬을 받는 가장 좋은 방법은 자신에게 충실한 거예요. 자신에게 충실한 사람이 되세요.

칭찬하라

하루에 한 번 이상 누군가에게 칭찬을 해 주세요. 칭찬을 하는 나 자신이 행복해질 거예요.

스스로에게 칭찬하라

칭찬받지 못했다면 스스로에게 칭찬하세요. 칭찬하는 동안 스스로를 돌아보는 시간이 될 거예요.

위로하라

실수가 많은 날, 일이 잘 되지 않는 날에는 스스로 위로하고 격려하세요. 칭찬만큼 자신을 아끼는 시간이 될 거예요.

생각을 채워 주는 **관찰**

나는 결코 예언하지 않는다.
단지 창밖을 내다보고 현실을 관찰하고, 남들이 아직
보지 못하고 지나치는 것을 파악할 뿐이다.
  ─피터 드러커

생각은 많은 것을 가능하게 합니다. 우리가 경험했던 것을 떠올리는 기억, 지식이나 경험을 바탕으로 무언가를 미루어 생각해 보는 추리, 그 누구도 경험하지 못한 것을 생각해 보는 상상 등 우리는 생각을 통해 많은 것을 이루어 왔습니다.

씨앗이 자라 열매를 맺는 것을 보고 씨앗의 중요성을 알게 되었을 것이고, 다양한 새의 둥지와 벌집 등을 보며 집의 중요성 또한 알게 되었을 것입니다. 인류는 바로 그런 생각들을 바탕으로 무언가 만들고, 개발하고, 발전하며 지금에 이르렀습니다.

생각의 시작은 어디서부터였을까요?

생각은 인간의 전유물이라 할 수 있을 정도로, 인간은 다른 동물들과 비교할 수 없는 생각 능력을 가지고 있습니다. 그런데 다른 동물들 또한 생각을 한다고 합니다. 생각의 범위가 인간만큼 넓지 않을 뿐이지요.

강아지 같은 반려동물을 키우다 보면 강아지가 함께 생활하는 인간의 생각을 읽고 있는 것 같은 생각이 들기도 합니다. 보호자와 감정을 교환하기도 하니까요. 언어가 다른데 사람과 동물이 어떻게 감정을 교환하는 것일까요?

보호자의 감정을 잘 읽는 강아지들을 보면 보호자의 표정, 행동 등을 관찰하는 습관을 가지고 있습니다. 관찰을 통해 보호자의 감정과 기분을 알 수 있는 것이지요.

우리의 생활도 마찬가지입니다. 불을 발견한 최초의 인간은 번개에 불탄 나무를 보며 불의 뜨거움, 불의 필요성 등을 알게 되었을 것입니다. 사과가 땅으로 떨어지는 것을 보고 만유인력의 법칙을 알아낸 것처럼 말이에요. 이처럼 관찰은 생각을 채워 주고, 발전시킵니다.

미국에 가난한 양치기 소년이 살고 있었습니다.

"어우, 지루해!"

소년은 양을 지키는 일이 따분했습니다. 힘들지는 않았지만 양들이 어디로 도망가지는 않을까, 신경 써서 지켜보는 일은 정말 지루했습니다.

"어디를 또 도망가려는 거야!"

울타리를 넘어가는 양들을 보고 소년은 나무 막대를 들고 쫓아갔습니다.

"거기 서. 거기 서란 말이야!"

소년은 막대를 휘두르며 울타리를 넘어간 양을 뒤쫓았습니다. 하지만 마음껏 내달리는 양은 어느 틈엔가 소년의 시야에서 사라지고 말았지요.

"어디로 갔지, 도대체 어느 쪽으로 간 거야?"

소년이 두리번거리고 있을 때 양의 울음소리가 들려왔습니다. 소리가 나는 쪽으로 달려가 보니 도망친 양이 장미 덩굴에 걸려 울고 있었습니다.

"휴, 살았다. 너를 놓쳤으면 나는 주인 아저씨한테 엄청 혼났을 거야."

소년은 장미 덩굴에서 양을 끄집어내려고 했습니다. 하지만 쉽지 않았습니다.

집으로 돌아온 소년은 침대에 누워 낮에 있었던 일을 떠올렸습니다.

"장미 덩굴이 아니었으면 나는 양을 잃어버렸을 거야."

그리고 왜 양이 장미 덩굴에 걸려 꼼짝을 못 했을까 생각했지요.

"다리가 걸린 것도 아닌데, 왜 덩굴을 빠져나오지 못했을까?"

소년은 장미 덩굴을 머릿속에 떠올렸습니다.

"맞아. 바로 그거야! 장미 덩굴에는 가시가 있어."

소년은 양털이 장미의 가시 덩굴에 걸려 양이 도망치지 못했음을 알았습니다.

"저 울타리가 가시 덩굴로 이루어져 있으면 양들이 도망치지 못하겠지?"

소년은 나무로 만들어 놓은 울타리를 가시 덩굴처럼 만들면 어떨까 생각했습니다. 그리고 장미 덩굴을 찾아갔습니다. 장미 덩굴을 자세히 관찰했지요. 그러고는 쇠줄을 구해와 가시 덩굴처럼 뾰족뾰족한 울타리를 만들었습니다. 그것이 바로 철조망이었습니다.

철조망에 걸려 쉽게 도망치지 못하는 양을 보고 주인은 감탄했습니다.

"어떻게 이런 생각을 한 거냐? 정말 대단한걸!"

"장미의 가시 덩굴을 관찰했거든요."

"그렇구나. 정말 잘했다!"

소년의 철조망은 입소문을 타고 금세 퍼져 나갔습니다. 그리하여 가난한 양치기 소년은 큰 부자가 되었습니다.

소년은 관찰을 통해 철조망을 발명했습니다. 이처럼 관찰은 발명의 시작이지요. 뿐만 아니라 시대를 변화시키는 힘 또한 관찰에서 시작됩니다. 사물이나 현상을 예리한 관찰력으로 꿰뚫어보는 통찰력이 관찰에서 시작되거든요.

관찰은 그냥 보는 것과는 차이가 있습니다. 보는 것은 우리 눈에 사물이 들어오는 것이라면, 관찰은 목적을 갖고 주의 깊게 살펴보는 것이지요. 때문에 그냥 볼 때는 변화나 차이 등을 감지하지 못하지만, 관찰을 할 때는 변화나 차이 등을 발견할 수 있습니다.

갈릴레이가 달을 그냥 보기만 했다면 지구가 태양 주위를 돈다는 것을 알지 못했을 것입니다. 하지만 달을 관찰했기 때문에 달의 모양 변화를 통해 지구가 태양 주위를 돈다는 것을 발견할 수 있었지요.

스티브 잡스가 애플을 키운 성공 비결 중 하나도 관찰이었습니다. 사용자들의 패턴을 비교하고 관찰하면서 사용자들이 무엇을 원하는지 찾아내, 고객의 요구가 있기 전에 시장을 선도할 혁신 제품을 만들어 낼 수 있었지요.

카네기처럼

무관심을 버려라

'그냥'이라는 말을 버리세요. 자신의 말과 행동이 뚜렷해질 수록 사물을 대하는 태도도 뚜렷해지니까요.

주위를 살피며 걸어라

길을 갈 때 앞만 보고 가지 마세요. 하늘도 보고, 가로수 아래 풀들도 보세요. 주위를 둘러보는 것만으로도 관찰하는 눈을 가질 수 있어요.

관찰하는 재미를 들여라

식물을 가꿔 보세요. 달의 변화를 관찰해도 좋고요. 무언가 정하고 그것의 변화를 날마다 관찰하고 기록해 보세요. 습관이 되면 관찰력도 는답니다.

사람을 관찰해라

많은 문학가, 화가, 음악가, 심지어 기업가 등 창조적 세계를 일군 사람들은 사람을 관찰하는 습관을 가지고 있었어요. 사람을 관찰함으로써 심리를 들여다보고, 그것을 예술로 승화시키거나 혁신적인 제품을 탄생시키지요.

참고 견디는 힘, 인내

자신의 불건전한 내부와 싸움을 시작할 때 사람은 향상된다.
　－데일 카네기

매미는 어른 벌레, 즉 성충이 되기까지 무려 7년을 애벌레로 지낸다고 합니다. 어떤 매미는 17년을 애벌레로 살기도 하지요. 7~17년을 땅속에서 애벌레로 살아간다는 것은 쉬운 일이 아닙니다. 새나 두더지 같은 동물의 먹이가 되기 쉽지요.

여름날, 맴맴 울어 대는 매미는 7년 이상의 긴 세월 천적들의 위험을 이겨 내고 살아남은 것들입니다. 매미들은 긴 세월을 애벌레로 보내고, 여름 한 철 성충으로 살다가 죽습니다.

사람에게도 애벌레의 순간이 있습니다. 매미의 성장처럼

어른이 되기 위해 영아, 유아, 어린이, 청소년의 시절을 거치지요.

단순히 몸의 성장 말고도 인생에 있어서 매미의 애벌레처럼 참고 견뎌야 하는 순간들이 있을 것입니다. 그것은 어린이도, 어른도 마찬가지입니다.

무언가 이루기 위해 참고 견디는 시간과 노력이 필요한 것이지요. 우리는 그것을 인내라고 부릅니다.

인내는 자신과의 싸움입니다. 그래서 인내란 아주 어렵지요. 남을 이기는 것보다 자신을 이기는 것이 더 어려운 법이니까요. 생각해 보세요. 자신의 사소한 습관조차 쉽게 고치지 못하는 것이 사람이잖아요.

인내는 어려운 만큼 그 어떤 것보다 강한 힘을 발휘하고, 강한 힘으로 우리의 삶을 변화시키기도 합니다.

미국 테네시 주에 소아마비에 걸린 네 살 난 흑인 여자아이가 살고 있었습니다.

"월마, 병원 가자!"

소아마비 때문에 제대로 일어서지도 못하는 월마를 데리고 엄마는 날마다 병원을 다녔습니다. 형편이 어려워 새벽 네 시에 일어나 이웃 농장에서 일을 해야 했지만, 하루도 빼먹지 않고 몇 시간씩 걸어서 병원에 다녔습니다.

그리고 3년 후, 마침내 월마는 스스로 일어설 수 있게 되었습니다.

"월마, 아주 잘했어. 이제 걸음마를 배우자."

월마가 스스로 일어설 수 있게 되자, 엄마는 월마에게 걷는 법을 가르쳐 주었습니다. 하지만 월마는 걷는 것이 너무 힘들었습니다.

"엄마, 다리가 너무 아파요. 아파서 못 하겠어요."

월마는 울며불며 떼를 썼습니다. 다리를 감싸고 있는 보조기구가 걸을 때마다 다리를 조여 아프게 했기 때문입니다. 하지만 엄마는 포기하지 않았습니다.

"월마, 넌 걸을 수 있어. 일어서지도 못하던 네가 3년 만에 일어섰잖아. 아프고 힘들지만 참고 견뎌 봐. 너는 분명히 걷게 될 거야!"

엄마는 월마를 위해 헌신적으로 노력했습니다. 월마도 그런 엄마의 마음을 잘 알기에 포기할 수 없었습니다.

"아아아."

입에서는 저절로 고통의 소리가 새어 나왔지만 월마는 참고 견디며 걸음마를 배웠습니다.

그리고 여덟 살이 되었을 때는 혼자 학교에 다닐 수 있게 되었습니다.

"엄마, 학교 다녀오겠습니다."

다리에 보조기구를 하고 절룩거렸지만 월마의 마음은 조금도 불편하지 않았습니다. 남들보다 느려서 새벽같이 집을 나서야 했지만 걸을 수 있다는 자신감으로 가슴이 부풀었습니다.

"엄마, 나는 이제 뛰는 법도 배울 거예요!"

인내가 어떤 기적을 만들어 내는지 알게 된 월마는 스스로 또 다른 기적을 꿈꾸게 되었습니다.

그리하여 고등학생이 되었을 때는 육상 선수가 되었고, 이후 1960년 로마 올림픽에도 출전했지요. 올림픽에서 월마는 100미터, 200미터, 400미터 계주에서 금메달을 따냈습니다.

일어서지도 못하던 월마가 세계에서 가장 빠른 육상 선수가 되었을 때, 많은 사람들은 기적 같은 일이라고 했습니다. 그리고 그녀를 '기적의 여인'이라고 불렀습니다.

하지만 월마는 그들을 향해 이렇게 말했습니다.

"나는 단지 노력하는 사람으로 기억되기를 바랄 뿐입니다."

월마는 자신의 기적이 인내가 만들어 낸 것임을 잘 알고 있었습니다. 그래서 평범한 사람이든 아픔이나 고통, 어려움에 시달리는 사람이든 자신을 본보기 삼아 인내하고 노력하여 기적 같은 일을 만들어 내기를 바랐습니다.

월마의 이야기에서 알 수 있듯이 인내는 자기와의 싸움입니다. 자기와의 싸움은 그 누구도 대신 해 줄 수 없는 것입니다. 때문에 더 힘들고 고통스럽지만, 그 성공의 대가는 무엇보다도 크고 빛나지요.

참고 견뎌 내어 이긴다는 것은 자기 자신을 이긴다는 뜻입니다. 그런데 요즘 사람들은 '빨리 빨리'에 익숙해져 있습니다. 참을성이라고는 찾아 보기 힘든 세상이 되었지요. '남보다 빨리, 남보다 먼저, 내가 제일 먼저'인 세상에서 살고 있는 것입니다.

그런데 꿈을 이루기 위해서는 남이 아닌 자기 자신과 싸워야 합니다. 자신의 게으름, 부정적인 생각, 잘못된 습관 등과 싸워서 이겨야 월마처럼 꿈을 이룰 수 있는 것이지요.

에티오피아 속담에 "천천히 아주 천천히 달걀도 제 발로 걷기 시작한다."라는 말이 있습니다. 달걀이 부화되어 병아리가 되듯이, 참고 견디면 길이 열리고 원하는 것을 얻을 수 있다는 뜻이지요.

자신을 이길 힘, 인내를 길러 보세요.

카네기처럼

마음에 여유를 가져라

조급함은 실수를 가져오기 쉽습니다. 마음에 여유를 가지면 신중할 수 있고, 사물이나 사건을 더 자세히 관찰할 수 있지요.

인내는 뒤처짐이 아니라 성숙함이다

참고 견디는 시간은 누군가에게 뒤처지는 시간이 아니에요. 자신을 성장시키는 성숙의 시간이며, 잘못된 생각이나 습관들을 버릴 수 있는 기회의 시간이지요.

자신에게 명령하라

철학자 니체는 자신에게 명령하지 못하는 사람은 남의 명령을 들으며 살게 된다고 했어요. 스스로를 다스리지 못하는 사람은 다른 사람의 뜻대로 살게 된다는 것이지요. 스스로에게 명령하고, 자신의 행동을 통제할 수 있는 사람이 되어 보세요.

쉬운 것부터 하나씩

일찍 일어나라, 밥 잘 먹자 등 쉬운 것부터 하나씩 스스로에게 명령하세요. 그러다 보면 점점 범위가 넓어져 자신의 감정과 정신을 잘 다스릴 수 있을 거예요.

신뢰를 만드는 **경청**

경쟁이나 허영심 없이 고요하게 감정의 교류를 나누는
대화는 가장 행복한 대화이다.

　　－릴케

　늘 누구와 이야기를 나눴나요?

　이야기는 나누는 것이랍니다. '나누다'라는 말은
'사과를 둘로 나누다'처럼 하나를 둘 이상으로 가르다라는
의미도 있고, 동물·식물 등으로 어떤 대상을 분류한다는 뜻
도 됩니다. 그리고 이야기를 주고받는다는 뜻도 있고, 즐거
움이나 슬픔 등을 함께한다는 말도 되지요.

　함께한다? 이 말은 왠지 나눈다는 의미보다는 더한다는
의미 같지 않나요? 꼭 나누기가 아니라 더하기 같습니다.
그런데 즐거움과 슬픔 등을 함께한다는 말이 나누다의 뜻
이랍니다.

이처럼 감정의 '나누다'는 하나를 주고 하나를 받는 나눗셈이 아닙니다. 감정의 나누다는 서로의 마음을 이해한다는 뜻입니다. 함께 웃고, 함께 슬퍼하며 서로의 감정에 신뢰를 쌓는 것이 감정의 나누기지요.

　우리는 서로의 감정을 어떻게 나눌 수 있을까요? 감정을 나누는 것은 생각보다 쉽습니다. 귀를 쫑긋 열고 눈을 마주치고 잘 들어 주면 되지요.

　바로 경청입니다. 남의 말에 귀 기울이는 것만으로도 우리는 상대방과 마음을 나누고, 상대방으로부터 신뢰를 얻을 수 있지요.

　데일 카네기가 어느 모임에 갔을 때의 일입니다. 저녁 식사가 끝나고 사람들은 카드놀이를 했습니다.

　"나는 잘 못 하지만 즐겁게 해 보자고."

　카네기도 카드놀이를 시작했습니다. 하지만 금방 지고 말았습니다. 카드를 잘 못 치는 카네기는 몇 번 더 어울리다가 자리에서 일어났습니다.

　그때 한 여인이 다가왔습니다.

　"안녕하세요. 카네기 씨 맞으시지요?"

　"네, 안녕하세요!"

　카네기는 여인과 이야기를 나누기 시작했습니다.

"얼마 전 유럽 여행을 다녀오셨다면서요?"

여인은 친구로부터 들은 카네기의 유럽 여행 애기를 꺼냈습니다.

"여행은 어떠셨어요? 저는 유럽을 가 본 적이 없어서 궁금한 것이 많아요. 역사적인 곳이 많아 미국과는 분위기가 다르겠지요?"

"네……."

그녀의 말에 카네기가 대답을 하려는 순간 여인은 다른 이야기를 시작했습니다.

"저는 아프리카에 가 봤어요."

"그러세요? 저는 아프리카는 아직 가 보지 못했답니다. 꼭 가 보고 싶은 곳이지요. 아프리카는 어땠나요?"

카네기의 말이 끝나자마자 그녀는 기다렸다는 듯이 이야기를 시작했습니다.

"아프리카는 정말 미지의 나라예요. 처음에는 두려웠지요. 거긴 동물원이 따로 없잖아요. 사자를 정말 코앞에서 봤다니까요."

그녀는 쉴 새 없이 이야기를 이어 갔습니다. 카네기는 눈을 맞추며 이야기를 재미있게 들어 주었지요.

이야기가 끝나고 그녀는 카네기에게 말했습니다.

"정말 소문대로예요."

"뭐가요?"

"언변이 뛰어나신 분이라더니, 정말 그런 것 같아요."

"그래요?"

"네. 이야기 나누는 동안 왠지 믿음이 가고, 다른 사람과 얘기할 때보다 훨씬 재미있었어요. 역시 카네기 씨는 말을 참 잘하시는 분인 것 같아요."

"즐거웠다니 다행입니다. 저도 정말 즐겁고 유쾌한 시간이었답니다."

카네기와 여인은 즐거운 마음으로 헤어졌습니다.

카네기는 한 가지 깨달은 것이 있었습니다. 카네기는 그녀 앞에서 말솜씨를 발휘한 적이 없다는 사실이었지요. 한 시간여 동안 카네기는 그저 그녀의 이야기를 들어 주었을 뿐이었습니다.

그런데도 그녀가 카네기를 언변이 뛰어난 사람이라고 느낀 이유는, 그녀와 카네기가 대화를 잘 나눴기 때문입니다. 그녀는 자신이 하고 싶은 이야기를 마음껏 했고, 카네기는 그녀의 이야기를 잘 들어 주었기 때문이지요.

카네기의 경청이 그녀에게 카네기를 신뢰할 수 있는 인물로, 언변이 뛰어난 사람으로 느끼게 한 것입니다.

그래서 결국 카네기와의 대화가 재미있게 느껴졌던 것이지요.

카네기 꿈의 노트

　고대 철학자 디오니게스는 우리에게 두 개의 귀와 한 개의 입이 있는 이유는 '좀 더 많이 듣고, 좀 더 적게 말하기 위함'이라고 했습니다. 그만큼 잘 듣는 것이 말하는 것보다 중요하다는 뜻이지요.

　경청이 빛나는 이유는 사람이 말을 통해 많은 실수와 잘못을 저지르기 때문입니다. 사람은 때로 모르는 것도 아는 체하고, 남에게 지지 않으려 잘난 체하기도 하고, 남을 이기기 위해 험담이나 강요를 하기도 하지요.

　영국 속담에 지혜는 들음으로써 생기고, 후회는 말함으로 생긴다고 했습니다.

　소크라테스, 링컨, 카네기 같은 역사 속 달변가들은 말만 화려하게 잘하는 사람들이 아니었습니다. 그들은 모두 남의 이야기를 잘 들어 줄 줄 아는 훌륭한 경청가이기도 했지요.

카네기처럼

말을 간결하게 하라

우리나라 속담에 "가루는 칠수록 고와지고, 말은 할수록 거칠어진다."라는 말이 있어요. 말을 많이 하다 보면 말이 보태져서 실수와 오해를 사게 될 수 있으니 조심하라는 뜻이지요.

험담보다는 덕담

말은 그 사람의 성품을 나타내요. 그러므로 친구와 이야기를 나눌 때 욕하고 비난하는 험담보다는 좋은 이야기를 주고받도록 해야 해요. 친구를 욕하고 있는 내 성품 또한 욕을 먹고 있는 거니까요.

의견은 자신 있게

잘 들어 주는 것이 중요한 만큼, 자신의 뜻을 나타내야 할 때는 자신 있게 말하는 것도 중요해요.

눈과 귀를 열어라

자신의 의견만 진리라고 생각해서는 안 돼요. 옳고 그름을 판단할 수 있는 눈과 귀가 열려 있어야 해요.

삶의 나침반, 독서

독서는 완성된 사람을, 담론은 재치 있는 사람을
필기는 정확한 사람을 만든다.

　　—베이컨

세종대왕이 한글을 만들 수 있었던 이유는 무엇일까
요? 만약 세종대왕이 독서에 관심이 없었다면 어
떻게 되었을까요? 책을 가까이하지 않았을 테고, 독서의 즐
거움·독서의 중요성 또한 알지 못했겠지요.

독서의 중요성을 모르니 백성들에게 글을 읽게 할 생각도
하지 않았을 것이고, 백성들이 글자를 모르는 것을 안타까
워할 일도 없었을 것입니다.

세종대왕의 독서 습관은 '백독백습(百讀百習)'으로 잘 알려
져 있습니다. 한 권의 책을 백 번 읽고, 백 번 쓴다는 말이
지요. 세종대왕은 책 읽는 것이 너무 좋아서 책을 읽다 병

이 나기도 하고, 책을 못 읽게 한다고 병이 나기도 할 만큼 독서광이었습니다.

세종대왕은 책의 중요성을 그 누구보다 잘 알고 있었습니다. 독서를 통해 많은 지식을 쌓았고, 독서를 통해 얻은 지혜로 태평성대를 이루었으니까요.

당시 수많은 서적이 편찬된 이유도 세종대왕이 책의 중요성을 잘 알고 있었기 때문입니다. 백성들이 글을 모르는 것을 안타까워한 이유도 마찬가지지요. 글을 모르면 책을 읽을 수 없고, 책을 읽지 못하면 지식을 얻을 수 없고, 지식을 얻지 못하면 책 속에 녹아 있는 선인들의 지혜 또한 얻을 수 없고, 지혜를 얻지 못하면 삶의 나침반을 찾을 수 없을 테니까요.

독서를 통해 얻은 지혜는 살아가면서 겪게 되는 갖가지 실수를 바로잡아 주는 나침반이 되어 주기도 하고, 어려움을 극복하게 해 주는 힘이 되어 주기도 합니다. 미래를 내다보게 하는 거울이 되어 주기도 하지요.

다음 이야기 속 소녀 또한 독서를 통해 삶의 나침반을 바로 세워 미래를 향해 나아갔지요.

못생기고 뚱뚱한 흑인 소녀가 살고 있었습니다. 소녀의 집은 가난에 시달렸고, 가족들은 서로에게 사랑을 줄 만한 여유조차 갖지 못했습니다. 그래서 소녀는 열세 살에 집을 나와 온갖 어려움을 겪으며 지냈습니다.

몇 년 후 소녀는 엄마가 되었지만, 아기는 태어난 지 2주 만에 세상을 떠나고 말았습니다.

"왜 나에게는 늘 불행이 찾아오는 걸까? 나에게 행복이라는 단어는 어울리지 않는 걸까?"

아이가 죽은 후 그녀는 슬픔과 절망에 빠져 하루하루를 보냈습니다.

그러던 어느 날, 먼지가 가득 쌓인 책이 그녀의 눈에 들어왔습니다.

"너에게 줄 수 있는 선물이 책밖에 없구나. 네가 보기에는 보잘것없고 화려하지도 않지만, 책 속에는 아빠가 보여 줄 수 없는 넓은 세상이 들어 있단다."

그녀는 아버지에게 책 선물을 받았던 기억을 떠올렸습니다. 예쁜 인형을 사 달라고 조르던 그녀에게 아버지가 헌 책 한 권을 선물로 주었던 기억이었습니다.

"맞아, 아빠는 책 속에 세상이 들어 있다고 하셨어. 아빠가 보여 줄 수 없는 넓은 세상이 책 속에 있다고 하셨어."

슬픔과 절망에 빠져 지내던 그녀는 그날부터 닥치는 대로 책을 읽기 시작했습니다.

"나는 앵커가 될 거야. 멋진 앵커가 되어서 세상 사람들의 눈과 귀 그리고 입이 되어 줄 거야!"

책 속에서 길을 찾은 그녀는 앵커가 되기 위해 더 열심히 책을 읽었습니다.

그리고 스물두 살이 되었을 때, 마침내 지역 방송국에 당당히 합격했습니다.

"저렇게 뚱뚱하고 못생긴 흑인 여자를 왜 뽑은 거야?"

사람들은 외모 때문에 그녀가 방송에 어울리지 않는다고 생각했습니다.

하지만 그런 편견은 그녀의 실력 앞에 점차 사라져 갔습니다. 그녀는 마침내 지역 방송국을 벗어나 미국인 전체를 사로잡는 진행자로 변신했습니다.

그녀가 바로 오프라 윈프리입니다.

토머스 칼라일은 "책 속에 과거의 모든 영혼이 가로누워 있다."라고 했습니다. 우리보다 먼저 이 세상을 살다 간 사람들의 정신이 책 속에 담겨 있다는 뜻이지요. 그래서 우리는 책을 통해 그들의 삶을 되돌아볼 수 있고, 현재의 삶을 바로잡고 미래를 그려 나갈 수 있는 것입니다.

오프라 윈프리는 가난해서 제대로 배울 수 없었으며, 여행을 통해 세상을 보고 배울 수도 없었습니다. 그럼에도 불구하고 그녀가 세계인의 이목을 집중시키는 진행자가 될 수 있었던 것은 책을 가까이했기 때문입니다.

레오나르도 다 빈치는 "아는 것이 적으면 사랑하는 것도 적다."
라고 했습니다. 만화책을 보지 않는 사람은 만화책이 재미있는
지 알지 못하고, 소설책을 읽지 않는 사람은 소설책이 재미있는
지 알지 못하는 것과 같다는 것입니다.

산에 오르지 않는 사람은 산에 오르는 사람을 이해하지 못하
고, 탐험을 해 보지 않은 사람은 탐험의 위험함만 알 뿐 그 신비
함을 모르는 것과 같지요.

경복궁을 찾아가 "아, 이게 경복궁이구나." 하는 사람과 경복
궁에 담긴 뜻과 다양한 이야기까지 아는 사람은 분명 느끼는 바
가 다를 것입니다.

독서는 우리에게 후자의 느낌을 갖게 할 것입니다. 독서를 하
지 않아 아무런 정보가 없는 사람보다는 분명 더 많은 것을 보고
배우고 느낄 수 있을 테니까요.

철학자인 데카르트는 "좋은 책을 읽는 것은 과거의 가장 훌륭
한 사람들과 대화하는 것이다."라고 말했습니다. 오프라 윈프리
는 그것을 알고 있었을 것입니다. 그래서 현재 많은 사람들과 대
화를 할 수 있는 것이겠지요.

카네기처럼

텔레비전은 가족이 아니다

사람들은 텔레비전을 보지 않을 때에도 습관처럼 틀어 놓을 때가 많아요. 텔레비전을 끄고 책을 잡으세요.

도서관과 친해지기

도서관은 다양한 책을 마음껏 읽을 수 있는 공간이에요. 심심할 때는 도서관에서 책과 놀아 보세요. 책이 길을 안내할 거예요.

마음으로 읽기

책은 글자를 읽는 것이 아니에요. 글자 속에 숨은 뜻을 읽는 것이지요. 책의 주제나 의미가 어렵다면 반복해서 읽어 보세요. 점점 그 뜻이 뚜렷하게 다가올 거예요.

사색하기

철학자인 존 로크는 "독서는 지식의 재료를 공급할 뿐이며, 그것을 자기 것으로 만드는 것은 사색의 힘이다."라고 했어요. 책을 읽고, 사색을 통해 생각하는 힘을 기르라는 뜻이지요.

나를 빛나게 하는 **열정**

세월은 피부를 주름지게 하지만 열정을 잃어버리는 것은
영혼을 주름지게 한다.

—맥아더

'**열**정'이라는 말을 아세요?

열정은 노력과 비슷합니다. 무엇인가 열심히 한
다는 의미를 담고 있지요. 하지만 열정과 노력은 차이가 있
습니다. 어떤 차이가 있을까요?

노력이 무엇인가를 이루겠다는 굳은 마음이라면 열정은
노력에 애정을 더했다고 할 수 있습니다.

즉, 열정은 무엇을 이루기 위해 열렬한 애정과 노력을 기
울이는 마음이지요.

노력도 목표를 이루고 꿈을 이루게 할 수 있습니다. 그렇다
면 노력에 애정까지 더한 열정은 어떤 결과를 낳게 될까요?

열정은 사람을 빛나게 하는 마법을 부리기도 합니다. 작고 초라한 일을 하더라도 열정을 가지고 하는 사람에게서는 왠지 모르게 빛이 뿜어져 나오지요. 빛나는 열정 때문에 다른 사람의 눈에 띄게 되고, 사람들의 시선과 관심을 더 받게 됩니다.

미국의 유명한 연설가이자 수필가였던 에머슨은 "역사의 가장 위대하고 당당했던 순간들은 모두 열정의 승리였다."라고 했습니다. 우리들 삶의 순간도 열정적인 순간이 승리의 순간일까요?

초라하고 보잘것없는, 남들이 하기 싫어하는 일을 하는 청년이 있었습니다.

"이게 뭐야. 내가 왜 직장에 나와 변기를 닦고 있어야 하는 거지?"

청년은 변기 솔을 집어 던지고 푸푸 한숨을 내쉬었습니다. 하루하루 시간이 흐를수록 자신감이 떨어지고, 앞날이 깜깜하게 느껴졌습니다.

"뭐 하는 거야? 빛이 나게 깨끗이 닦으라고 했잖아."

직장 선배가 청년에게 말했습니다.

"더러운 변기에서 무슨 빛이 납니까?"

청년은 비웃듯이 말했습니다.

"변기라고 왜 빛이 안 나? 자네가 빛나게 닦으면 빛이 나는 거지."

"됐습니다. 청소하게 비켜 주십시오."

청년이 불만 가득한 목소리로 말했습니다. 그러자 선배가 청년의 솔을 빼앗으며 말했습니다.

"내가 이 변기를 반짝반짝 빛내 보지."

선배는 변기를 닦기 시작했습니다. 구석구석 싹싹 닦고 또 닦았습니다. 잠시 후 변기는 정말 반짝반짝 빛나기 시작했습니다.

"어때, 빛나지?"

"네, 그러네요."

청년은 놀란 마음을 감추고 여전히 퉁명스럽게 대답했습니다.

"자네가 이 변기를 빛낼 마음만 있으면, 변기는 자네 마음처럼 빛나게 되는 거야."

"내 마음처럼?"

선배의 말에 청년은 뭔가 깨달은 것이 있었습니다.

그날 이후 청년은 즐거운 마음으로 변기를 닦기 시작했습니다.

"와, 나보다 훨씬 잘 닦는걸!"

선배가 청년을 보고 말했습니다.

"그렇지요, 제가 더 잘 닦지요?"

"그래. 정말 잘 닦았어."

"제가 변기 닦기로는 세계 최고일 겁니다."

청년은 의기양양하게 말했습니다.

"변기 닦기로 세계 최고라고?"

"네. 저는 무슨 일을 하든 세계 최고가 될 겁니다. 지금은 변기 닦는 일을 하고 있으니까, 그 일에서는 세계 최고가 되어야지요!"

청년은 자신감에 가득 차 있었습니다. 자신이 맡은 일에 애정을 갖게 되자 무슨 일이든 열정적으로 하게 된 것이지요.

열정은 청년의 미래를 놀랍도록 달라지게 했습니다. 보잘 것없고 초라해 보였던 일조차 꼭 필요한 일로 느껴지게 했으니까요.

자신의 일에 열정을 다한 청년은 날이 갈수록 승승장구했습니다. 그리하여 훗날 세계적인 호텔의 설립자가 되었지요. 그가 바로 힐튼 호텔의 설립자 콘래드 N. 힐튼입니다.

열정이 빛을 발하는 순간, 변기닦이 힐튼의 미래는 호텔 설립자 힐튼으로 변하기 시작한 것이지요.

영국의 역사가 토인비는 무기력을 극복할 수 있는 유일한 방법은 열정이라고 했습니다. 열정적인 사람은 무기력을 느낄 틈이 없다는 말도 되지요.

사람들은 한가할 때 행복할 것 같지만, 막상 할 일 없이 시간이 남아돌 때는 무엇을 해야 할지 모른다고 합니다. 오히려 해야할 일을 열정적으로 끝마쳤을 때 찾아오는 잠깐의 휴식이 더 행복하다고 하지요.

힐튼의 인생이 빛을 발하기 시작한 순간은, 더러운 변기닦이를 할 때였습니다. 이처럼 열정이란 우리의 모든 순간을 빛나게 할수 있습니다. 아무리 보잘것없고 초라한 일일지라도 그 일을 하는 자신이 열정적이라면 그것은 빛을 발하게 되지요.

지금 내가 '어떤 일'을 하고 있느냐보다, 지금 내가 '어떤 마음으로' 일을 하고 있느냐가 더 중요한 것입니다.

카네기처럼

지루함을 버려라

지루하다는 생각은 시간을 좀먹어요. 야금야금 내 시간을 갉아먹고 어느새 그냥 잠자리에 들게 만들지요. 하기 싫은데 꼭 해야 할 일이 있다면 열정적으로 빨리 끝내세요. 그래야 남은 시간에 내가 원하는 것을 할 수 있으니까요.

유머를 익혀라

유머를 익히세요. 유머를 즐길 줄 알면 재미있는 사람이 되고, 작은 실수나 어려움 등을 재치 있게 넘길 수 있을 거예요.

스트레스를 다스려라

화나 분노를 잘 다스려야 해요. 열정적으로 일하는 사람은 그 일이 쉬워서 열정적으로 하는 게 아니에요. 자신의 감정을 잘 조절하기 때문에 그 일에 집중할 수 있는 것이지요.

열등감을 버려라

열정적인 사람은 자신을 남과 비교하지 않아요. 스스로의 장점을 찾아내 그것을 최대한 발휘하지요. 남의 장점을 본받고 배우되, 비교하여 스스로를 주눅 들게 하지는 마세요.

나를 키우는 도전

한 번도 실패하지 않았다는 건 새로운 일을 전혀
시도하지 않고 있다는 뜻이다.

－우디 앨런

사람은 태어나면서부터 수많은 도전을 하며 성장합니다. 엄마 뱃속에서 세상 밖으로 나오는 것부터가 아기에게는 목숨을 건 도전입니다. 온 힘을 다해 세상 밖으로 나온 아기는 생존을 위해 엄마의 젖을 찾지요.

"젖 먹던 힘을 다해."라는 말이 있습니다. 힘들고 어려운 일이나 경기에서, 있는 힘껏 최선을 다하라는 의미로 쓰이는 말이지요. 갓난아기에게는 엄마의 젖을 먹는 일이 도전이고, 온 힘을 다해야 하는 힘겨운 일입니다. 그리고 백일쯤 지나면 얼굴이 빨개질 정도로 온몸에 힘을 주며 뒤집으려 들지요. 시간이 더 지나면 기게 되고, 일어나 앉으려 하고, 걸음마를 시작합니다.

젖을 빨고, 몸을 뒤집고, 기고 걷는 것 자체가 우리들 삶의 도전인 것입니다. 도전 없는 삶은 없습니다. 단지 그 도전의 가치가 다를 뿐이지요.

어떤 사람은 도박이나 싸움 같은 가치 없는 도전을 하며 인생을 허비하기도 하고, 어떤 사람은 꿈을 향해 한 걸음 한 걸음 도전하며 자신의 삶을 가치 있게 만들기도 합니다.

도전은 삶을 성장시킵니다. 뒤집고, 걸음마를 시작하는 것 자체가 도전이며 성장이듯이, 우리가 살아가면서 어떤 도전을 하느냐에 따라 튼튼한 성장을 할 수도, 빈약한 성장을 할 수도 있습니다.

산을 좋아하는 소년이 있었습니다. 소년은 산을 오를 때마다 자신과의 싸움에서 이기는 것 같아 기분이 좋았습니다. 도전하고 성공하는 것이 재미있었습니다. 그리하여 소년은 자연스럽게 산악인이 되었습니다.

"그동안 많은 산을 오르셨는데, 이번에는 어떤 계획을 갖고 계십니까?"

새로운 도전을 앞둔 젊은 산악인에게 기자들의 질문이 쏟아졌습니다.

"이번에는 에베레스트를 등정하려고 합니다."

"에베레스트요?"

기자들은 모두 놀랐습니다. 이제껏 에베레스트를 정복한 사람이 없었기 때문입니다.

"에베레스트는 인간이 오를 수 없는 곳 아닙니까?"

"인간이 오를 수 없는 산은 없습니다. 다만 도전에 성공하지 못했을 뿐이지요."

"그렇다면 성공할 자신이 있다는 겁니까?"

"성공에 대한 확신 때문에 도전하는 것이 아닙니다. 실패해도 또 도전할 자신이 있기 때문에 도전하는 것입니다. 도전은 언제는 즐거운 것이니까요."

젊은 산악인은 에베레스트를 정복하기 위해 자신만만하게 길을 떠났습니다. 하지만 에베레스트는 호락호락하지 않았습니다. 거센 눈보라와 매서운 바람이 눈앞을 가리고 몸을 움츠러들게 했습니다. 일행은 지쳐 쓰러져 갔습니다. 젊은 산악인 또한 더 이상 한 발도 나아갈 수 없었습니다.

에베레스트 원정 실패는 젊은 산악인에게 쓰라린 실패였습니다. 처음으로 산이 두렵게 느껴지기도 했습니다. 하지만 얼마 지나지 않아 다시 에베레스트 원정을 준비하기 시작했습니다.

그러던 중 한 강연회에 초청을 받아 강연을 하게 되었습니다.

"에베레스트는 인간이 도저히 오를 수 없는 곳이지요?"

강연회에 모인 사람들은 그의 에베레스트 원정에 대한 이야기를 가장 궁금해 했습니다.

"그렇지 않습니다. 저는 다시 도전할 겁니다."

"지금까지 에베레스트 정상에 갔다가 살아 돌아온 사람은 없습니다. 다른 산악인들 모두 실패한 곳이지요. 그런데도 다시 도전한다고요?"

"네, 저는 몇 번이고 계속 도전할 것입니다."

"실패를 무릅쓰고 계속 도전하는 이유는 뭡니까?"

"제 꿈이 에베레스트를 향하고 있으니까요. 에베레스트가 아무리 높다 한들 이미 자랄 대로 자란 산 아닙니까. 하지만 제 꿈은 아직 자라고 있습니다. 세계의 지붕 에베레스트를 향해서!"

그의 말에 강연회에 모인 사람들이 하나 둘 박수를 치기 시작했습니다. 강연장 안은 그에게 보내는 격려의 박수로 넘쳐 났지요.

강연이 끝난 후 그는 다시 에베레스트 등정에 도전했습니다. 하지만 역시 실패였습니다. 그래도 그는 좌절하지 않았습니다. 거듭된 실패에도 도전을 멈추지 않았지요.

그리고 마침내 1953년 5월 29일 세계 최초로 에베레스트를 정복했습니다. 그의 이름은 에드먼드 힐러리였습니다.

에드먼드 힐러리는 뉴질랜드의 탐험가로, 등정을 돕는 네팔 현지인 텐징 노르가이와 함께 세계 최초로 에베레스트를 정복한 사람입니다. 에베레스트 정복 후에도 도전을 멈추지 않고 남극 원정대를 이끌어 남극점에 도달하기도 했지요.

우리나라 속담에 "시작이 반이다."라는 말이 있습니다. 시작하기가 어렵지 시작하기만 하면 끝마치기는 그리 어렵지 않으니 반은 성공한 것이나 다름없다는 의미지요. 그만큼 무슨 일이든 시작이 어려운 법입니다. 그래서 유럽에는 "모든 시작은 어렵다."라는 속담이 있지요.

시작은 곧 '도전'입니다. 사람에게 도전 정신이 없었다면 세상은 지금처럼 발전하지도, 변화하지도 않았을 것입니다. 누군가는 아무도 가지 않은 길에 발을 내딛었고, 아무도 하려 하지 않은 일에 도전했기 때문에 세상은 변화했고 지금도 변화하고 있는 것이지요.

카네기처럼

도전하는 아침

우리는 아침마다 무엇인가를 시작합니다. 하루를 보람되게 살기 위해 도전하는 것이지요. 큰 가치에 도전하는 것도 하루의 좋은 시작에서 출발합니다.

도전을 미루지 마라

좋은 아이디어, 좋은 계획이 떠올랐다면 머릿속에만 담아 두지 마세요. 도전을 미루는 순간 좋은 아이디어와 계획은 점차 흐릿해질 테니까요.

마무리를 잘 하자

영국 속담에 "팡 하고 시작해서 끙 하고 끝난다."라는 말이 있어요. 시작은 요란하고 거창했으나 끝이 보잘것없이 허무하게 끝난다는 뜻이지요. 무슨 일이든 시작과 끝을 신중하게 잘 해야 해요.

도전하는 즐거움

취미나 자기 계발 등을 통해 도전하는 습관을 길러 보세요. 도전은 나를 새롭게 만들고, 성장시키니까요.

신뢰를 쌓는 **책임**

세상에서 가장 무서운 불신은 자신을 믿지 못하는 것이다.

　-토머스 칼라일

책임은 맡아서 해야 할 일이나 의무를 말합니다. 따라서 모든 일에는 책임이 따르게 마련이지요. 맡은 일에 책임을 다하면 신뢰가 쌓이지만, 다하지 못하면 신뢰를 잃게 됩니다.

　신뢰는 곧 믿음입니다. "믿음직한 사람이야."라는 말에는 굳게 믿고 의지할 수 있다는 신뢰가 깃들어 있습니다.

　신뢰는 어느 한 순간 갑자기 쌓이는 것이 아닙니다. 주어진 일에 책임을 다하는 모습 하나하나가 상대로 하여금 믿게 하고, 신뢰할 수 있는 인물로 느끼게 하는 것이지요.

　그런데 책임을 다한다는 것이 때로는 쉽지 않을 때도 있습니다. 그래서 요령을 피우게 되고, 거짓말 같은 것으로 책임을 회피하려고 하지요. 이런 사람은 책임의 무게에서 잠시 벗어날 수는 있지만 신뢰받는 인물은 되지 못할 것입니다.

자기 자신에게는 어떨까요? "너는 너 자신을 얼마나 믿니?"라고 물었을 때 우리는 자신에게 얼마만큼의 신뢰 점수를 줄 수 있을까요?

믿음과 신뢰를 쌓게 하는 '책임'은 누군가와의 약속을 지키기 위해 하는 것일까요, 나 자신과의 약속을 지키기 위해 하는 것일까요?

1508년 미켈란젤로는 20미터 높이의 천장에 그림을 그리기 시작했습니다.

"조수를 두는 게 어때?"

"안 돼. 그림은 모두 내 머릿속에 있거든."

미켈란젤로는 받침대를 세워 놓고 높이 20미터, 길이 41.2미터, 폭 13.2미터의 천장에 그림을 그리기 시작했습니다.

"아, 따가워!"

미켈란젤로는 그림을 그리다 말고 수돗가로 달려갔습니다. 얼굴과 팔에 흘러내린 물감이 독이 되어 피부병을 일으키고 만 것입니다.

"색칠만이라도 다른 사람에게 시키면 안 되나? 조수를 여러 명 두면 금방 색칠할 거야."

동료들은 편한 방법을 권했습니다.

"안 돼. 같은 물감이라도 나의 색과 다른 사람의 색감은 다른 거야."

미켈란젤로는 피부병을 참아 가며 그림을 완성해 나갔습니다.

하지만 일 년, 이 년 시간이 지날수록 미켈란젤로는 더욱 심한 고통에 시달려야 했습니다. 받침대에서 천장을 바라보며 그림을 그리는 것은 힘든 일이었습니다. 등은 점점 휘어 마치 하프처럼 구부러지고, 목은 뒤로 젖혀져 제대로 움직일 수조차 없었습니다.

"정말 멋져! 그림이 다 완성되었군."

오랜만에 찾은 동료가 감탄하며 말했습니다.

"아직 아니야."

"뭐가 아니야. 내가 보기에는 다 완성됐는데."

"아직 그릴 곳이 많아."

"그런데 자네 그 구석에서 뭐 하는 거야?"

"그림을 그리고 있지 않은가."

"여기 바닥에서는 그런 구석은 보이지도 않아. 그러니 구석구석 그릴 필요 없어."

"안 돼."

"정말이야. 하나도 안 보여. 내려와서 보라니까."

동료는 미켈란젤로가 답답하다는 듯 소리쳤습니다.

"그럴 수는 없어."

"자네는 정말 사서 고생하는군. 남들에게 보이지도 않는 곳을 뭘 그리 열심히 그리나? 어차피 남들은 알지도 못할 텐데."

"내가 알잖아. 내가 아는데 어찌 내 그림을 내가 모른 체한단 말이야."

미켈란젤로는 온몸에 피부병이 돋고, 몸이 휘는 고통 속에서도 조수 한 명 없이 혼자서 천장 구석구석까지 꼼꼼하게 그림을 완성해 나갔습니다.

1508년 시작하여 1512년 완성된 바티칸의 시스티나 성당은 이처럼 미켈란젤로의 고통스런 책임이 만들어 낸 것입니다.

후대의 사람들은 그의 예술 작품에 신뢰를 보내며 인류의 문화유산으로 사랑하고 있지요.

카네기 꿈의 노트

20미터 아래 바닥에 있는 사람들 눈에는 천장 구석이 보이지 않습니다. 그럼에도 불구하고 미켈란젤로는 몸이 휘는 고통 속에서도 최선을 다하여 작은 구석 하나하나까지 그림을 그려 완성했지요.

꿈을 이룬 사람들을 보면 미켈란젤로처럼 자신의 일에 책임을 다했습니다. 그런 사람들은 주어진 일을 누군가와의 약속이 아닌 자기 자신과의 약속으로 여겼습니다. 그래서 누가 보든 안 보든 맡은 일에 책임을 다했지요.

자신을 신뢰하지 못하는 사람은 다른 사람에게도 신뢰받기 어렵습니다. 맡은 일에 책임을 다하는 것은 자기 스스로에게 믿음을 주는 일이며, 수많은 관계 속에 신뢰를 쌓는 지름길이지요.

카네기처럼

책임을 다하면 권리도 생긴다

대한민국의 성인이라면 투표할 권리를 갖듯이, 권리는 어떤 일을 하거나 요구할 수 있는 힘이나 자격을 말해요. 집, 학교, 사회, 국가 등 여러 공간에서 여러 종류의 권리를 갖게 되지요. 이런 권리도 의무를 다할 때 당당하게 행사할 수 있어요.

어렵다면 도움을 청하라

혼자서 감당하기 어려운 일이라면 도움을 청하세요. 남과 어려움을 나눴다고 해서 책임을 다하지 않는 것은 아니니까요.

다른 사람에게 책임을 미루지 마라

남과 어려움을 나누는 것은 괜찮지만, 자신이 책임을 다하지 못한 일을 남에게 떠넘기는 것은 비겁한 일이에요. 맡은 일을 못 해내더라도 남을 탓해서는 안 되지요.

휴식을 취하라

책임을 다한다는 것은 쉬운 일이 아니에요. 때로 힘들고 지친다면 포기하지 말고 휴식을 취하세요. 포기는 끝이지만, 휴식은 충전이니까요.

당당한 **자신감**

할 수 없다고 생각하는 동안은 그것을 하기 싫다고 다짐하는
것과 마찬가지다. 그래서 그것은 결코
실행되지 않는 것이다.

−스피노자

요즘은 자기 PR 시대라고 합니다. 스스로 자신감을
갖고 자신의 모습을 부각시키는 것이지요. 자신
감은 자기 믿음에서 나옵니다. 스스로 자신을 믿어 줌으로
써 자신감이 생기는 것이지요.

에디슨은 발명왕으로 불리기까지 수많은 실패를 거듭했습
니다. 하지만 사람들은 그를 성공한 발명가로 기억하고 있
지요. 에디슨은 자신감이 성공의 첫 번째 비결이라고 했습
니다. 왜 그럴까요?

자신감이 없으면 도전도 하기 전에 "나는 못 할 거야." 하
는 생각부터 들 것입니다.

"나는 잘할 수 있어. 해낼 수 있어."라는 자신감이 도전의 시작이고 성공의 첫걸음인 것이지요.

자신감은 자만심과는 다릅니다. 자만은 스스로 잘난 체하며 거만하게 구는 것입니다. 남들에게 뽐내고 싶어 하는 마음이지요. 하지만 자신감은 일에 대한 자신의 능력이나 의지 등에서 나오는 것입니다. 즉, 자신에 대한 믿음에서 나오는 것이지요.

자신에 대한 믿음이 있기 때문에 자신감 있는 사람은 자신이 처한 상황에 당당하게 맞설 수 있습니다.

영국에 서머셋 모옴이라는 신인 작가가 있었습니다. 그는 노력 끝에 처음으로 소설 한 편을 세상에 내놓았습니다.

"제 책은 광고를 안 하나요?"

책을 내놓고도 잘 팔리지 않자 서머셋은 불안했습니다.

"신인 책까지 어떻게 다 광고를 합니까? 광고비가 얼마나 높은지 몰라요?"

출판사에서는 신인 작가인 서머셋의 책을 광고해 주지 않았습니다.

'어떡하지? 첫 책이 잘 팔려야 다음 책도 출판할 수 있을 텐데…….'

책 출판하는 일이 쉽지 않다는 것을 아는 서머셋은 잘 팔리지 않는 책 때문에 끙끙 앓기 시작했습니다.

"도대체 왜 안 사 보는 거야?"

서머셋은 자신의 책을 훑어보며 한숨을 쉬었습니다.

"사람들이 내 이름을 몰라서 그럴까? 내가 신인이라서?"

서머셋은 자리에서 벌떡 일어났습니다.

"내 책은 정말 재미있어. 이렇게 재미있는 책이 무명의 신인이 썼다는 이유 때문에 외면당해서는 안 되지!"

서머셋은 책 내용에 자신이 있었습니다. 그래서 직접 광고를 내기로 마음먹었습니다.

"돈이 없으니 큰 광고는 내지 못하겠고, 어떤 방법이 좋을까?"

서머셋은 신문을 뒤적였습니다. 그러다 아주 작은 광고란을 발견했습니다.

"그래, 바로 여기에 내 광고를 싣는 거야!"

서머셋이 발견한 것은 구인구직란으로, 책 광고를 실을 만한 크기가 되지 못했습니다. 글자 수 제한이 있는 아주 작은 크기의 네모 칸이었습니다.

"짧은 글이지만 내 책에 호기심을 갖도록 사람들의 시선을 끌어야 해!"

서머셋은 어떻게 하면 사람들이 자신의 소설을 궁금해 할까 생각했습니다.

그리고 마침내 신문에는 이런 글귀가 실렸습니다.

-젊은 백만장자, 신부감 구함
저는 잘생기고 매너 있으며, 음악과 스포츠를 즐기는 젊은 부자입니다. 제가 바라는 여성은 서머셋 모옴의 소설 속 여주인공과 꼭 닮은 분입니다. 자신이 여주인공과 닮았다고 생각하시면 연락 주십시오.

"작가님, 작가님!"
출판사 직원이 서머셋을 찾아왔습니다.
"무슨 일입니까?"
"책이 다 팔렸습니다. 여주인공에 대해 더 자세히 알고 싶다며 출판사로 찾아오는 사람들도 있어요!"
"그래요?"
서머셋은 입가에 웃음이 절로 피어났습니다.
　서머셋의 생각대로 책은 날개 돋친 듯 팔려 나갔습니다. 순식간에 서머셋 모옴은 영국에서 가장 유명한 작가가 되었지요.
　서머셋의 재치는 자신감에서 비롯된 것입니다. 자신의 작품을 뽐내고 싶어서가 아니라, 자신의 글에 대해 믿음이 있었기에 그런 광고를 낼 수 있었던 것이지요.

서머셋 모옴의 광고는 정성 들여 쓴 자신의 책을 사람들에게 읽히고 싶다는 생각 때문에 만들어진 재치 있는 문구였습니다. 만약 작품에 자신이 없었다면 결코 할 수 없는 일이었겠지요. 서머셋의 작품이 재미없었다면 광고는 지속적으로 큰 효과를 발휘하지 못했을 것입니다.

재치 있는 광고 덕분에 대중에게 이름을 알린 서머셋은 이후 『인간의 굴레』, 『달과 6펜스』 등의 작품을 발표하며 영국이 자랑하는 대표적 작가가 되었습니다.

데일 카네기는 "자신이 특별한 인재라는 자신감만큼 그 사람에게 유익한 것은 없다."라고 했습니다.

칭찬을 통해 자신감을 얻기도 하지만, 자신감은 스스로 느끼고 만들어 낼 때 더 큰 힘을 발휘합니다. 스스로에게 자신감을 가지세요.

카네기처럼

자신감을 가져라

링컨은 "어떤 일이든 할 수 있고, 꼭 이루어진다고 마음먹어라. 그리고 방법을 찾아라."라고 했어요. 할 수 있다는 자신감이 문제 해결의 첫 번째 열쇠인 것이지요.

약점을 감추지 마라

약점을 감추는 것이 자존심을 세우는 것은 아니에요. 자신감을 얻기 위해서는 잘 하지 못하는 것은 못 한다고 인정하고 배우면 돼요.

멋진 자신의 모습을 상상하라

자신이 원하는 멋진 모습을 상상하세요. 마치 그것이 미래의 내 모습인양 자주 상상하다 보면 될 수 있다는 자신감이 생길 거예요. 그리고 그것에 가까워지도록 노력하는 것이지요.

적극적으로 행동하라

소극적이고 부정적인 말투와 행동은 자신감의 가장 큰 적이에요. 긍정적이고 적극적으로 말하고 행동하세요. 말투 하나, 행동 하나하나에 자신감이 생길 테니까요.

위대한 이름, 사랑

사랑할 수 있다는 것은 모든 것을 할 수 있다는 것이다.

　-안톤 체호프

사람들의 삶에 가장 큰 영향을 미치는 것은 무엇일까요? 대부분 돈을 떠올릴지 모릅니다. 하지만 돈은 외적인 요소입니다. 삶에 있어서 가장 큰 작용을 하는 것은 내적인 요소입니다. 바로 '사랑'이지요.

사람들에게 어떤 삶을 원하느냐고 물으면 대부분 '행복하게 살고 싶다'고 말합니다. 돈을 많이 벌어서, 성공해서, 꿈을 이뤄서 등 앞에 여러 가지 단서들이 붙기는 해도 결론은 행복하게 살고 싶다이지요.

사랑은 행복의 필수 조건입니다. 사랑 없이 행복한 삶을 살 수는 없으니까요.

사랑은 아끼고 위하는 따뜻한 마음입니다. 아무런 경쟁 없이, 조건 없이, 지불 없이 무한정 베풀 수 있는 것이 사랑이지요.

프랑스의 소설가 발자크는 "참된 사랑이란 아름다운 꽃과 같아서 메마른 땅일수록 더욱 아름답게 보인다."라고 했습니다. 과연 거칠고 메마른 땅에서 꽃이 필까요? 고되고 힘든 삶 속에서 핀 사랑이 훨씬 아름다울까요? 그 속에서도 사랑은 피어날 수 있을까요?

인도가 영국의 식민지였던 시절, 인도 콜카타에 성 마리아 수녀원이 세워졌습니다. 수녀원에는 부속학교를 두어 영국계 여자아이들을 가르쳤습니다.

신의 부름을 받은 한 수녀가 영국에서 인도로 향했습니다. 그 수녀는 부속학교에서 학생들을 가르치며 성실하게 생활했습니다. 그리하여 부속학교 교장까지 되었습니다.

"로레타 수녀회 안에서 평생 봉사하겠습니다."

수녀는 자신이 교육받은 로레타 수녀회를 평생 떠나지 않을 것을 다짐했습니다.

그러던 어느 날이었습니다. 기차를 타고 다즐링으로 향하던 중 수녀는 신의 목소리를 듣게 되었습니다.

"저들의 마음을 보듬어 주어라!"

기차의 차창 밖으로 헐벗은 인도인들이 보였습니다.

"고통받는 인도인들을 돌보라는 말씀이시군요!"

수녀는 신의 부름에 응답했습니다. 로레타 수녀회를 떠나 인도 거리로 나가기로 마음먹었습니다. 하지만 그것은 쉬운 일이 아니었습니다.

"수녀회를 나가면 더 이상 당신을 보호해 줄 수 없어요."

"인도인들은 영국인들을 싫어해요. 아무런 보호 없이 거리로 나가는 것은 죽음을 각오해야 하는 일이에요."

"괜찮아요. 저는 영국인이 아닌, 신의 부름을 받은 한 인간으로 그들에게 다가갈 겁니다."

"인도인들은 우리의 종교를 받아들이지 못하고 있어요."

"저는 그들을 선교하지 않을 겁니다."

선교를 하지 않을 거라는 수녀의 말에 다른 수녀들이 깜짝 놀랐습니다. 수녀원의 수녀들은 자신의 종교를 널리 전할 의무가 있기 때문입니다.

하지만 가난한 인도인들을 돌보겠다는 수녀의 뜻은 확고했습니다. 그리하여 수녀는 2년여의 기나긴 설득 끝에 교황의 허락을 받고, 1948년 수녀원을 벗어나 인도의 거리로 나갔습니다.

다른 수녀들 말처럼 인도인들은 수녀를 적대시했습니다. 더군다나 제2차 세계대전이 끝나면서 독립을 맞은 인도는 혼란스러웠고, 영국인들은 더 이상 안전하지 않았습니다.

"영국인의 도움은 필요 없어요. 더욱이 당신 같은 수녀를 따르지는 않을 거예요."

대부분 힌두교를 믿는 인도 사람들은 가톨릭의 수녀를 곱게 보지 않았습니다. 어떤 사람들은 그녀를 밀치고 때리기까지 했습니다. 하지만 수녀는 도망치지 않았습니다. 거리에 돌봐야 할 어린이들이 너무도 많았기 때문입니다.

당시 인도는 힌두교와 이슬람교 등 여러 종교 간의 갈등과 정치적 혼란 등으로 인해 곳곳에서 싸움과 전쟁이 벌어지고 있었습니다. 때문에 많은 아이들이 고아가 되었지요.

그녀는 수녀복을 벗고 가난하고 계급이 낮은 여성들이 입는 흰색 사리를 입기 시작했습니다. 그리고 인도 국적을 취득하여 가난하고 미천한 여성으로서 신의 부름을 실천해 나갔습니다.

많은 위협과 욕설을 견뎌 내며 고아들의 어머니가 되어 준 그녀의 진심은 서서히 인도인들의 마음을 파고들었습니다. 그리하여 그녀의 세례명 앞에 '마더'라는 존경의 호칭을 붙여 불렀지요.

고되고 힘든 삶 속에서 사랑의 꽃을 피운 그녀는 가난한 사람들의 어머니, 세계인의 어머니라고 불린 '마더 테레사'입니다.

마더 테레사는 조건 없는 순수한 사랑을 실천했습니다. 고아들을 시작으로 빈민, 나병 환자 등 도움을 필요로 하는 사람들에게 사랑을 베풀었지요.

가난한 사람들의 어머니였던 마더 테레사는 "자기를 좋아하는 사람도, 필요로 하는 사람도 없다고 느낄 때 오는 고독감이야말로 가난 중의 가난이다."라고 말하며, 물질의 가난보다 사랑이 없는 내면의 가난을 더 비참하고 안타깝게 여겼습니다.

"신은 우리에게 성공을 요구하지 않습니다. 다만 노력하기를 바랄 뿐이지요. 매 순간 헛되이 살지 않으면 됩니다. 다른 무엇이 필요하겠습니까?"

마더 테레사는 세계 평화를 지키기 위해 어떤 일을 해야 하느냐는 질문에 "집에 돌아가 가족을 사랑해 주세요."라고 했습니다. 세상 모든 사람들이 자신의 자리에서 가족을 사랑하고 이웃을 사랑하면 세계 평화는 저절로 이루어지는 것이지요.

사랑하며 사는 것, 그것이야말로 헛되지 않은 삶을 사는 것입니다.

카네기처럼

이기심을 버려라

미국의 작가인 컬린 하이타워는 "사랑이란 인간관계에 있어서 모든 이기심이 제거된 후에 남는 것이다."라고 했습니다. 조건 없이 순수하게 주고받는 마음이 사랑인 것이지요.

불만을 버려라

영국의 철학자 러셀은 불만에 속지 말라고 했어요. 어떤 불만으로 해서 자기를 학대하지 않으면 즐겁고 행복한 삶을 살 수 있다고 했지요.

먼저 사랑하라

누군가 나를 사랑해 주기를 기다리지 마세요. 사랑을 받는 사람보다 주는 사람이 더 행복감을 느낀다고 해요. 사랑을 베푸는 동안 자신의 마음에 최선을 다하기 때문이지요.

관심을 가져라

무관심은 사랑의 반대말이에요. 관심을 두지 않으면 그 무엇도 사랑할 수 없지요. 가족, 친구, 자연 등 주변에 관심을 가져 보세요. 사랑의 마음이 열릴 거예요.

배려하는 겸손

예절과 배려는 동전을 투자해 지폐를 돌려받는 것과 같다.

–토머스 소웰

사람들은 말합니다. 예의 바르고, 겸손한 사람이 되라고. 그런데 요즘 사람들은 겸손과는 먼 생활을 하는 것 같습니다. '자기 PR 시대'라고 말하며 개성 있고, 자신감 있게 자신을 드러낼 줄 알아야 한다고 말하지요.

겸손해야 할까요, 자기를 드러내야 할까요?

겸손은 비굴과는 전혀 다른 것입니다. 비굴은 용기가 없기 때문에 나오는 비겁한 행동이지만, 겸손은 자신감 있는 사람만이 할 수 있습니다. 따라서 겸손은 신중하게 자신을 드러내는 행동이라고 할 수 있지요.

하지만 겸손하기란 쉽지 않습니다. 사람들은 자랑하고 싶고, 칭찬받고 싶은 욕망이 있지요.

시인 T.S. 엘리엇은 "겸손은 미덕 중에서 가장 터득하기 힘든 덕목이다. 왜냐하면 자기 자신을 높이려는 욕망을 낮추는 것보다 힘든 것이 없기 때문이다."라고 했습니다. 겸손은 자기 자신을 낮춰야 얻을 수 있는 것이므로, 자기를 뽐내려는 인간의 욕망이 겸손하기 어렵게 만든다는 뜻이지요.

앤드류라는 소년이 있었습니다. 소년은 토끼를 길렀는데, 토끼는 무럭무럭 잘 자랐습니다. 그리고 금세 어른 토끼가 되어 새끼들을 낳았지요.

"새끼들은 점점 늘어나는데 먹이를 구하기가 쉽지 않네!"

토끼들은 잘 자라 금방 새끼를 낳았습니다. 새끼들은 금세 어른 토끼가 되고, 또 새끼를 낳고, 낳고 자라고, 낳고 자랐습니다.

가난한 앤드류는 토끼들을 어떻게 먹여 살려야 할지 걱정되었습니다.

"맞아, 바로 그거야!"

토끼들의 먹이를 걱정하던 앤드류는 친구들을 찾아갔습니다.

"내가 토끼 키우는 거 알지?"

"응. 나도 키우고 싶은데 엄마가 반대하셔."

"나에게는 토끼가 많아. 네가 토끼의 먹이를 가져오면 새끼 토끼에게 네 이름을 붙여 줄게."

"정말?"

"응, 가서 마음에 드는 토끼를 골라 봐."

"좋아!"

한 아이가 자신의 이름을 딴 토끼를 갖게 되었습니다.

"앤드류, 토끼한테 내 이름도 붙여 줘!"

"나도, 나도!"

토끼에게 자기의 이름을 붙여 준다는 소문은 금세 마을로 퍼졌습니다. 그러자 많은 아이들이 먹이를 가져와 자신의 토끼를 만들어 달라고 했지요.

"토끼들이 토실토실 참 예쁘구나. 아주 잘 키웠네!"

동네 어른들은 앤드류의 토끼들을 보며 칭찬했습니다.

그러자 앤드류는 이렇게 말했지요.

"아니에요. 토끼들이 잘 자란 건 모두 친구들 덕분이에요. 친구들이 날마다 먹이를 가져다주거든요."

앤드류의 말에 옆에 있던 친구들은 기분이 좋았습니다. 그래서 더 열심히 먹이를 가져다주었습니다. 물론 토끼 똥을 치우고 우리를 청소하는 힘든 일은 모두 앤드류가 했지만, 앤드류는 늘 겸손해 하며 친구들 덕분이라고 말했습니다.

앤드류의 겸손한 습관은 어른이 되어서도 마찬가지였습니

다. 그는 철강 사업을 해서 크게 성공했습니다. 철강왕이라고 불릴 정도였지요.

그가 바로 앤드류 카네기였습니다.

"카네기 씨, 사람들이 당신을 철강왕이라고 부르던데 정말 좋겠습니다."

파티에서 만난 한 사업가가 부러운 듯 말했습니다.

"아닙니다. 그건 과찬의 말이지요."

카네기는 웃으며 고개를 저었습니다.

"당신은 단순한 사업가가 아니라 쇠를 녹이는 제련 기술도 가지고 있다면서요?"

"네, 조금 압니다."

"그래서 당신이 철강왕이 되신 거군요?"

"네?"

"사장이 최고의 제련 기술을 가지고 계시니 사원들이 그것을 보고 배운 것 아니겠습니까."

카네기는 웃음 띤 얼굴로 말했습니다.

"그 반대이지요. 세계 최고의 제련 기술자들이 저희 회사에 있는 덕분에 제가 철강왕이라 불릴 수 있는 것이지요. 우리 회사의 제련 기술자들이야말로 철강왕이랍니다."

앤드류 카네기는 언제 어디서나 겸손하게 말했습니다. 때문에 많은 사람들이 그를 존경하고 따랐습니다.

앤드류 카네기는 철도 회사를 시작으로 카네기 철강 회사를 설립하고, 1901년에는 제강 회사와 합병을 통해 US스틸 사를 차리며 미국 철강 시장의 65%를 차지하는 철강왕이 되었습니다. 하지만 그 성공을 자기 것으로 여기지 않았지요.

"내가 성공할 수 있었던 이유는, 내가 무엇을 잘 알거나 잘 해서가 아니라 나보다 잘 알고 잘 하는 사람을 뽑아 쓸 줄 알았기 때문입니다."

자신의 성공은 자기가 잘나서가 아니라 자신과 함께 일한 사람들 덕분이라며 겸손해 했지요.

카네기의 이야기를 보면 겸손은 배려라고 할 수 있습니다. 상대를 치켜세우고 자신을 낮추는 겸손은 덕의 기본이라는 말도 있지요.

그래서 겸손한 사람은 덕이 있는 사람으로 많은 이들로부터 인정받고, 존경받는 사람이 되는 것입니다.

카네기처럼

친절하라

겸손은 덕의 기본이지만 겸손하기는 쉽지 않아요. 대신 친절하기는 쉬울 거예요. 친절하게 상대를 대하는 것은 겸손만큼이나 자신을 아름답게 보이게 하지요.

존중하고 배려하라

상대방의 의견을 존중하고 배려해 보세요. 존중받고 배려받고 있다는 느낌을 받으면 상대도 나를 존중하고 배려해 줄 테니까요.

욕심을 버려라

욕심이 가득하면 절대 겸손할 수 없어요.

마음껏 자랑하라

자랑하고 싶은 것이 있으면 마음껏 자랑하세요. 하지만 거만해져서는 안 되지요.

목표를 이끄는 리더십

우리 일은 모두 인간사업이다. 우리는 모두가 잠재력을
최대한 실현할 때까지 서로 나누고, 보살피고, 동기를
부여하고, 감사하고, 봉사하며 서로를 북돋우어야 한다.

—샘 월튼

넓은 바다로 나가기 위해 튼튼하고 커다란 배를
만들려면 어떻게 해야 할까요? 많은 사람들과 함
께 배를 만들어야겠지요. 그렇다면 그들에게 어떻게 말을
해야 할까요? 내가 크고 튼튼한 배가 필요하니 만들어 달라
고 해야 할까요?

프랑스의 작가 생텍쥐페리는 이렇게 말했습니다.

"만일 당신이 배를 만들고 싶다면 사람들에게 목재를 가
져오게 하거나 일을 지시하며 일감을 나눠 주는 일은 하
지 마라. 대신 그들에게 드넓은 바다에 대한 동경심을 키
워 줘라."

리더는 일을 나눠 주는 사람이 아니라, 이상과 목표를 이끄는 사람입니다. 그래서 함께 일하는 사람들이 하나의 목표를 향해 적극적이고 조화롭게 나아갈 수 있도록 길을 만드는 것이 리더이고 리더십이지요.

리더십은 강함이 아닙니다. 리더십은 덕이 있어야 합니다. 적도 자기 편으로 만들 수 있는 덕이 있어야 진정한 리더이지요.

미국인들이 가장 존경하는 대통령 중 한 명인 링컨은 학교 교육을 제대로 받지 못했습니다. 집이 매우 가난해서 대학교는 물론 중·고등학교도 다니지 못했지요.

하지만 링컨은 책 읽는 것을 좋아했습니다. 관심 있는 분야의 책을 열심히 읽었고, 독학으로 변호사 시험에도 합격했습니다.

"저 시골 촌뜨기가 여긴 웬일이래?"

함께 변호사 생활을 하던 스탠턴이 파티에 참석한 링컨을 보고 눈을 흘겼습니다.

"안녕하세요!"

링컨은 사람들과 인사를 나누었습니다. 스탠턴에게도 반갑게 인사했지요.

"링컨 당신과는 별로 상대하고 싶지 않군요."

"왜요, 제가 촌뜨기라서요?"

"촌뜨기라서 싫은 것도 있지만, 더 큰 이유는 당신이 말만 번지르르하게 하는 이중인격이기 때문이오."

스탠턴은 링컨이 돈도 제대로 받지 않고 불쌍한 사람들을 변호해 주는 것이 못마땅했습니다. 본심을 숨기고 착한 척 하는 것이라 생각했지요.

"스탠턴, 그만하게."

사람들은 스탠턴과 링컨 사이에 싸움이 날까 봐 걱정했습니다.

"하하하, 스탠턴 씨 정말 재미있군요. 제가 이중인격자라면 이런 못생긴 얼굴로 파티에 왔겠습니까? 좀 더 멋지고 잘생긴 얼굴로 나왔을 것입니다. 하하하!"

링컨이 농담을 하며 크게 웃자 사람들 또한 따라 웃었습니다.

"치, 키만 멀대같이 큰 긴팔원숭이 같군."

여전히 링컨이 못마땅한 스탠턴은 그렇게 말하고 자리를 떴습니다. 그 후로도 링컨과 스탠턴은 사이좋은 말을 한 번도 나눈 적이 없었습니다.

시간이 흘러 링컨이 미국 대통령에 당선했습니다.

"스탠턴을 국방 장관에 임명하시오."

"네?"

"그건 말도 안 됩니다. 스탠턴은 각하를 무시했던 사람입니다."

"그게 국방 장관 임명과 무슨 상관이 있단 말이오."

"그는 건방진 사람입니다. 그런 사람에게 어찌 국방 장관을 맡긴다는 것입니까."

"스탠턴은 건방져 보이지만 실은 패기가 넘치는 사람이오. 결단력도 있고, 용맹한 사람이지요. 남북전쟁이 터진 지금 스탠턴만큼 국방 장관 자리를 잘 해낼 사람은 없소. 지금 당장 스탠턴에게 연락하시오."

링컨의 뜻은 확고했습니다. 그리하여 스탠턴은 링컨의 임명을 받게 되었습니다.

"내게 국방 장관 자리를?"

스탠턴은 놀랐습니다. 그렇게 무시하고 놀리던 링컨이 자신을 장관에 임명했다는 것을 믿을 수 없었습니다.

"정말인가? 정말 대통령이 나를 국방부 장관에 임명했어?"

"네. 스탠턴만큼 결단력 있고 용맹한 사람이 없다고 말씀하셨습니다."

스탠턴은 링컨을 찾아가 진심으로 사과했습니다. 그리고 국방 장관 자리를 받아들였습니다.

이후 링컨과 스탠턴은 힘든 일이 있을 때마다 서로 의논하며 존중하는 사이가 되었습니다.

링컨은 자기를 무시하고 비하했던 스탠턴에게 관용을 베풀었습니다. 왜 그랬을까요?

스탠턴은 애국심이 강한 인물이었습니다. 매우 고지식하고 고집도 셌지요. 개인적으로 스탠턴을 좋아하지는 않았지만 한 나라를 이끄는 리더로서 링컨은 스탠턴의 애국심과 고집, 추진력 등이 필요했습니다.

스탠턴에게 관용을 베풀고 비전을 제시함으로써 링컨은 스탠턴을 친구로 얻게 되었고, 남북전쟁을 끝냄으로써 미국 역사에 길이 남을 리더의 면모를 보이게 된 것이지요.

링컨이 스탠턴에게 남부와 북부가 하나된 미연방의 비전을 보여 준 것처럼, 나폴레옹 또한 '리더란 희망을 파는 상인'이라고 했습니다.

리더십이란 힘으로 무리를 이끄는 것이 아니라 이상과 목표를 함께하는 것임을 역사 속 리더들은 잘 보여 주고 있지요.

카네기처럼

모범을 보여라

리더십은 지시하는 것이 아니라 따르게 하는 것이에요. 그러므로 모범을 보여 무리를 이끌어야 하지요.

약점보다 장점을 말하라

리더는 약점을 찾아내는 사람이 아니라 장점이나 가능성을 찾아내 극대화시키는 사람이에요. 친구들의 단점이나 약점을 꼬집지 말고 장점을 칭찬해 주세요.

마음을 나눠라

이순신 장군이 임진왜란 때 23전 23승 할 수 있었던 원동력 중 하나는 이순신 장군의 진실한 마음이었어요. 권위를 내세우지 않고, 어려운 처지의 사람에게 동정심을 베풀었기 때문에 많은 백성들이 그를 믿고 따랐던 것이지요.

믿고 따르라

남을 따르는 법을 알지 못하는 사람은 좋은 지도자가 될 수 없어요. 타인과 믿음을 주고받는 마음을 기르세요. 신뢰할 줄 아는 사람이 신뢰받는 법도 아니까요.

새로운 생각, 상상력과 창의력

존재하지 않는 것을 상상할 수 없다면 새로운 것을
만들어 낼 수 없다.

—폴 호건

우리가 생각을 하지 않는 날이 있을까요?
우리는 아침에 눈을 뜨는 순간부터 생각이라는 것
을 합니다.

"나는 오늘 무슨 생각을 했나?"라고 생각해 본 적 있나요?
막상 생각해 보면 특별한 것이 떠오르지 않는 경우가 많을
것입니다. 하루 종일 생각이라는 것을 했을 텐데 왜 특별한
것이 없을까요?

대부분의 사람들이 반복된 생활을 하는 동안 반복된 생각
을 하며 살아가기 때문일 것입니다. 새롭고 특별한 생각을
한다는 것은 반복되는 일상을 벗어나는 것이니까요.

반복된 생활에 대한 반복된 생각들은 새로운 생각을 만들어 내지 못합니다. 그러면 우리의 뇌는 점점 생각하는 힘을 잃어 가지요. 상상력은 사라지고 보편적 생각이나 고정 관념 등만 남아 변화할 힘도, 새로운 것을 창조할 힘도 사라지고 말지요.

　미국의 3M은 접착테이프 같은 접착 제품을 만드는 회사입니다. 회사에는 여러 연구원들이 있었지요.

　그중 한 연구원이 강력한 접착제를 만들기 위해 연구하고 있었습니다.

　"어디 한번 실험해 볼까?"

　접착제를 완성했다고 생각한 연구원은 자신이 만든 접착제를 단추에 바르고 책상에 붙였습니다. 그런데 이게 웬일입니까. 쉽게 떼어져서는 안 될 단추가 너무도 쉽게 톡 떨어지고 마는 것이었습니다.

　"뭐야, 접착력이 하나도 없는 거야?"

　연구원은 실망하여 자신이 만든 접착제를 내동댕이쳤습니다.

　그렇게 시간이 흘러 5년이 지난 어느 날이었습니다.

　"나는 접착제 만들다가 손가락이 붙은 적이 있어."

　"나는 머리카락에 손이 달라붙어서 고생한 적도 있는걸."

회식을 하던 연구원들이 접착제에 관련해 재미있었던 이야기들을 늘어놓았습니다.

"말도 마. 나는 접착력이 없는 접착제를 만들었다니까."

"뭐라고? 하하하, 접착력이 없는 접착제라고?"

동료 연구원들은 한바탕 웃음을 터뜨렸습니다. 하지만 연구원 아트 프라이는 그의 이야기에 관심을 보였습니다.

"얼마나 접착력이 없었는데?"

"풀보다도 약했지."

"풀보다도 약한 접착제? 그거 재미난 접착제네……."

그렇게 회식이 끝나고 주말이 되자 아트 프라이는 교회에 갔습니다. 성가대에서 활동하던 아트 프라이는 그날 부를 찬송가 부분에 종이쪽지를 꽂아 두었습니다. 그런데 막상 찬송가를 부를 때가 되자 종이쪽지는 어디론가 사라지고 없었습니다.

"도대체 어디로 사라진 거야? 종이가 착 달라붙어 있으면 얼마나 좋아."

아트 프라이는 그렇게 말하며 집으로 돌아왔습니다.

"접착력 없는 접착제? 풀보다 약한 접착제?"

아트 프라이는 문득 동료가 만들었다던 그 접착제가 떠올랐습니다.

아트 프라이는 그날부터 풀보다 약한 접착제 만들기에 돌입했습니다. 그리고 1년여의 노력 끝에, 붙인 자리에 아무 표시도 나지 않는 접착제를 만들어 냈습니다.

"뭐야, 이렇게 접착력이 약해서 어디에 쓸 거야?"

동료들은 아트 프라이가 만든 접착제가 쓸데없는 것이라며 고개를 저었습니다. 하지만 아트 프라이는 포기하지 않았습니다.

"어디든 붙였다 뗄 수 있는 종이를 만드는 겁니다. 공부하는 학생들이 중요한 부분을 표시할 수도 있고, 서류에 메모를 남길 수도 있어요. 떼어도 흔적이 남지 않으니 서류에 낙서할 일도 없지요."

아트 프라이는 경영진을 설득했습니다. 결국 3M 회사의 경영진은 접착력 없는 접착제를 세상에 내놓았습니다. 하지만 사람들은 그것을 사려고 하지 않았지요. 그래서 3M 회사는 접착제를 무료로 나누어 주며, 그것의 필요성을 직접 느끼게 했습니다.

그러자 놀라운 일이 벌어졌습니다. 냉장고, 책, 컴퓨터, 칠판, 서류 등 어디든 붙였다 뗄 수 있고, 자국 또한 남지 않는다는 것을 알게 된 사람들이 그것을 돈 주고 사기 시작한 것입니다. 접착력 없는 접착제라고 내동댕이쳐졌던 그 접착제가 이제는 3M의 인기 상품이 되어 전 세계에서 팔리고 있습니다. 그것이 바로 포스트잇입니다.

　　두 연구원이 풀보다 약한 접착제를 만들었습니다. 그러나 첫 번째 사람은 접착제는 접착력이 강해야 한다는 고정관념 때문에 그것을 실패작이라고 생각했습니다.

　　하지만 두 번째 사람은 다르게 보았습니다. 고정관념을 버리고 다른 방향에서 접착제를 바라본 것이지요. 그랬더니 그것이 필요한 곳이 보였습니다.

　　이처럼 창의력이란 '새롭게 생각하기'에서 출발합니다. 기존에 없던 것을 상상하고, 기존에 있는 것을 다르게 생각하는 것이 창의력인 것이지요.

　　아인슈타인은 창조적인 일일수록 지식보다는 상상력이 더 중요하다고 했습니다.

　　상상하는 습관은 생각하는 능력을 길러 주고, 우리의 미래를 창조적으로 이끌 것입니다.

카네기처럼

이미지 연습

행복, 사랑 등 추상적인 것들을 구체적으로 형상화시켜 보세요. 반대로 동전, 텔레비전 같은 구체적 사물을 추상화시키며 생각하는 힘을 기르세요.

머릿속에 그림을 그려라

음악을 듣거나 책을 읽을 때 귀로 듣고 눈으로 읽지만 말고 주인공이나 공간, 상황 등을 생각하면서 듣고 읽도록 해요.

즐겁게 놀아라

놀이만큼 상상력을 자극하는 것은 없어요. 규칙이 없고, 때로는 규칙을 깨고, 때로는 규칙을 만들며 어떻게 하면 즐겁게 놀 것인가 상상하는 것만으로도 우리는 창조적 상상을 하고 있는 것이지요.

예술을 즐겨라

음악, 미술, 문학 등 예술을 즐기세요. 듣고, 보고, 읽는 것도 좋고, 직접 만들고, 그리고, 쓰는 것은 더욱 좋지요.

꿈을 바로 세우는 용기

돈을 잃는 것은 적게 잃는 것이고, 명예를 잃는 것은
크게 잃는 것이다. 하지만 용기를 잃는 것은
전부를 잃는 것이다.

　　　－윈스턴 처칠

꿈을 꾸는 것은 쉬운 일입니다. 하지만 다양한 꿈들 중에서 내가 무엇을 할지 결정하는 일은 쉽지 않지요. 꿈을 선택하는 것은 결단이 필요합니다.

그런데 꿈의 선택보다 더 어려운 것이 꿈을 향해 나아가는 것입니다. 어떤 사람들은 큰 위기나 별다른 어려움 없이 꿈을 향해 한 발 한 발 나아가기도 하지만, 어떤 사람들은 꿈의 길에서 어려움이나 위기를 맞기도 하지요. 이럴 때 필요한 것이 바로 용기입니다.

용기란 무서운 호랑이나 사자를 물리치는 물리적 행동만이 아닙니다. 위기를 극복할 수 있다는 생각도 용기이고, 변화를 두려워하지 않는 마음 또한 용기이고, 자신의 꿈과 신념을 지키겠다는 마음 또한 용기가 필요한 것이지요.

미국의 유명한 영화감독 스티븐 스필버그는 어떤 용기가 있었을까요? 스필버그의 용기는 자신의 뜻을 관철시키는 데 있었습니다. 관철이란 끝까지 밀고 나아가 목적을 이루는 것을 말하지요.

어린 시절 스필버그는 왕따를 당하는 아이였습니다. 유태인이라는 이유로 친구들로부터 따돌림을 당했습니다. 또한 글을 잘 못 읽는 난독증 때문에 성적도 좋지 않아서 늘 놀림을 받았습니다.

하지만 스필버그는 절망하지 않고 용기를 내어 친구들을 찾아갔습니다. 자신이 가장 좋아하고, 그 친구들보다 더 잘할 수 있는 것을 통해 친구들의 괴롭힘으로부터 벗어나기 위해서였지요.

"얘들아, 내가 영화를 만들 건데 너희들이 출연해 줘."

"뭐라고? 공부도 못 하는 바보 같은 네가 무슨 영화를 만들어?"

친구들은 책도 제대로 못 읽고 더듬거리는 아이가 영화를 찍겠다고 하니 믿을 수가 없었습니다. 그러자 스필버그는 자신이 만든 단편 영화를 보여 주었습니다.

"이게 정말 네가 만든 거라고?"

영화를 본 친구들은 스필버그를 다시 보기 시작했습니다. 스필버그가 만든 영화는 정말 재미있었거든요.

스필버그는 자신을 놀리던 친구들을 영화에 출연시켰습니다. 덕분에 스필버그는 친구들과 친해질 수 있었고, 더 이상 놀림을 받지 않았습니다. 자신의 재능으로 친구들의 괴롭힘을 이겨 낸 용기 있는 행동이었지요.

스필버그는 십대 때 SF영화 「불빛」을 만들어 극장에서 상영할 만큼 영화에 천부적 재능을 가지고 있었습니다.

영화에 대한 열정 또한 가득해서 대학을 중퇴하고 유니버설 스튜디오(미국 로스앤젤레스 북부 할리우드 북쪽에 있는 영화 스튜디오)로 향했습니다.

처음에는 관광객으로 위장해서 스튜디오로 들어가고, 나중에는 그곳 사람들과 얼굴을 익혀 직원인 것처럼 행동했지요. 그리하여 스튜디오 곳곳을 돌아다니며 영화 제작에 대해 자세히 익힐 수 있었습니다.

천부적 재능과 열정을 가진 스필버그는 영화감독이 된 후 「죠스」, 「E.T.」, 「인디아나 존스」 등 흥행 영화를 만들며 유명 감독이 되었습니다.

하지만 영화계 평론가들은 그를 두고 이렇게 말했지요.

"스필버그는 재밌는 영화는 잘 만들어도 작품성 있는 영화는 못 만들어."

"맞아. 그는 오락영화 감독일 뿐이야."

평론가들은 스필버그의 영화를 그저 재미있는 영화로만 평했습니다.

하지만 스필버그는 용기 있는 사람이었습니다. 어려서 친구들로부터 괴롭힘을 당할 때처럼, 그는 다시 한 번 영화로 자신을 드러냈습니다.

"저게 정말 스필버그가 만든 영화란 말이지?"

평론가들은 스필버그의 새로운 영화를 보고 놀라지 않을 수 없었습니다. 그가 새로 만든 영화는 재미있는 영화가 아니었습니다. 진지하고, 슬프고, 절대 잊어서는 안 될 역사의 한 장면을 고스란히 담아 낸, 그야말로 작품성 있는 영화였습니다. 그 작품은 「쉰들러 리스트」였습니다.

어려서 유태인이라는 이유로 친구들로부터 괴롭힘을 당했던 스필버그는 영화감독이 되고 나서도 반인도적 범죄였던 유태인 대학살을 잊지 않았습니다. 「쉰들러 리스트」는 바로 유태인 대학살 이야기를 담은 영화였습니다.

스필버그는 「쉰들러 리스트」로 미국 최대의 영화상인 아카데미상의 감독상, 작품상 등을 휩쓸며 영화계의 최고 감독으로 우뚝 섰습니다.

그동안 그를 비하했던 평론가들도 그의 천부적 재능을 인정할 수밖에 없었지요.

스티븐 스필버그는 오락성과 작품성을 모두 인정받은 세계적인 영화감독입니다.

그는 어려서부터 호기심이 많았습니다. 어린 시절부터 영화를 찍겠다고 이야기를 만들고 직접 촬영을 하며 호기심을 충족시켰지요.

용기란 싸워서 이기는 것이 아닙니다. 씩씩하고 굳센 기운으로 겁내지 않고 나아가는 것이지요. 호기심 많은 사람들은 호기심을 해결하기 위해 크고 작은 도전을 하게 됩니다. 그것은 산을 정복하는 것처럼 거창한 도전이 아니라 생활 속 작은 변화들을 즐기는 것이지요. 스필버그가 스스로 영화를 만들며 호기심을 충족시킨 것처럼 말예요.

꿈을 이루기 위한 용기는 바로 이런 변화를 즐기고, 자신의 뜻을 관철시켜 나가는 것입니다. 변화를 즐기기 위해서는 새로운 것에 대한 두려움을 극복해야 하지요. 자신의 뜻을 관철시켜 나가기 위해서는 위기의 순간에도 뜻을 꺾지 않는 용기가 필요하니까요.

카네기처럼

변화를 즐겨라

새로운 것을 낯설어하지 말고, 호기심의 눈으로 바라보세요. 두려워할수록 우리는 그 자리에 머물러, 변화하고 발전하는 친구들의 모습만 보게 될 테니까요.

새로운 습관을 익혀라

자신의 습관 중 버려야 할 것들을 찾으세요. 그리고 과감하게 그것을 대신할 새로운 습관을 길들이세요.

비겁하지 마라

잘못을 보고 지나치는 것도 비겁한 것이고, 자신의 잘못을 회피하는 것도 비겁한 짓이며, 게으름 때문에 도전하지 않는 것도 비겁한 것이지요. 이런 비겁한 행동들은 절대 용기를 불러올 수 없어요.

여행을 즐겨라

여행은 자신에게 익숙한 공간에서 벗어나는 것이에요. 익숙하지 않은 공간과 시간을 즐기는 것이야말로 변화를 즐기고 용기를 키울 수 있는 좋은 방법이에요.

지켜야 할 마음, 신념

자기가 하는 일에 신념을 갖지 않으면 안 된다.
누구나 자기가 하는 일이 좋다고 굳게 믿으면
힘이 생기는 법이다.

　－괴테

사람은 호랑이나 상어처럼 혼자서 살아가지 못합니다. 사회를 이루고 그 속에서 어울려 살아가려고 하지요. 하지만 그로 인해 서로에게 상처를 주기도 하고, 수 없는 마음 변화에 혼란스러워하기도 합니다.

생각의 변화, 가치관의 변화는 꿈을 향한 목적을 잃게 하기도 하고, 포기하게도 합니다. 그러나 꿈을 이룬 사람들, 특히 위인이라 불리는 사람들에게는 흔들리지 않는 굳은 믿음이 있었습니다. 바로 신념이지요.

가치관이 어떤 사물이나 현상 등을 바라보는 태도라면, 신념은 자신의 가치관을 이루겠다는 의지가 담긴 굳은 믿음이라고 할 수 있습니다.

보통 사람들은 흔들리는 갈대처럼 가치관이 흔들리고 신념을 잃어버리기도 하지만, 성공한 사람들은 자신의 신념을 지키려고 노력하지요.

간디는 정신적 생활공동체 아슈람을 만들어 가난한 인도인들을 하나로 통일하기 시작했습니다. 간디는 사람들과 함께 공부하고, 물레를 돌려 옷감을 짜고, 농사를 지었습니다.

어느 날, 헐벗은 가족이 간디를 찾아왔습니다.

"저희를 살려 주십시오. 저희는 갈 곳이 없습니다."

"안 됩니다. 저들은 불가촉천민입니다."

함께 공동체 생활을 하는 사람들이 그들을 보고 얼굴을 찌푸렸습니다.

"일어나시오. 오늘부터 여기가 그대들 집이오."

"만지면 안 됩니다. 그들은 불가촉천민입니다."

사람들이 소리쳤습니다. 그러자 간디는 그들을 향해 단호하게 말했습니다.

"이 세상에 불가촉천민은 없소."

인도는 카스트 제도에 따라 브라만(승려), 크샤트리아(왕이나 귀족, 군인), 바이샤(상인, 농민, 서민), 수드라(천민) 등으로 신분이 나뉘어 있습니다. 수드라를 제외한 바이샤까지는 별 차별이 없지만, 수드라는 많은 차별 속에서 어렵게 살아갑니다. 그런데 불가촉천민은 수드라보다 못한 신분의 사람들이었습니다. 인도인들은 그들을, 만져서도 안 되고 몸이 닿아서도 안 되는 아주 비천한 사람들이라며 '불가촉천민'이라 부르고 있는 것입니다.

"마하트마, 다시 한 번 생각해 보십시오."

"저들이 우리와 무엇이 다르단 말이오?"

"저들은 불가촉천민입니다."

"세상에 불가촉천민이란 없소. 차별만이 있을 뿐이오."

"차별이 아닙니다. 저들은 태어나면서부터 불가촉천민이었습니다. 불가촉천민과 가까이하지 않는 것은 오랫동안 이어 온 관습입니다."

"관습이니 당연하다고요?"

"네."

"그렇다면 나 또한 불가촉천민이오."

"네? 그게 무슨 말씀이십니까?"

"영국인들이 나를 불가촉천민 대하듯 했으니 나 또한 불가촉천민이오."

"어찌 마하트마 님을 불가촉천민 대하듯 했단 말이니까?"

"나는 영국에서 변호사 공부를 했소. 그들처럼 양복도 입었지요. 그런데 나는 인도인이라는 이유로 일등칸 기차를

탈 수 없었소. 그들은 나를 삼등칸으로 밀어내려고 했소. 나는 내 권리를 지키기 위해 끝까지 버텼지만 결국 모르는 역에 내동댕이쳐지고 말았지요."

"마하트마……."

"영국인뿐만 아니라 많은 백인들이 우리 같은 유색 인종을 불가촉천민 대하듯 하고 있소. 피부색이 다르다고 말이오. 이것 또한 관습이라며 당연히 받아들여야 합니까?"

간디의 말에 사람들은 말없이 고개를 숙였습니다.

"자 보시오. 불가촉천민이라고 말하는 저들이 우리와 피부색이 다르오, 말이 다르오, 국적이 다르오? 우리가 저들을 차별할 근거가 무엇이란 말이오?"

간디의 말에 불가촉천민들은 눈물을 흘렸습니다. 간디는 그들의 눈물을 닦아 주며 말했습니다.

"그대들은 불가촉천민이 아니오. 그대들은 이제부터 하리잔이오."

간디는 '신의 자녀'라는 뜻의 하리잔으로 그들을 부르기 시작했습니다.

간디는 영국으로부터의 독립을 꿈꿨습니다. 그러기 위해서는 차별적인 신분계급과 다양한 종교가 뒤섞여 갈등을 겪고 있는 인도인들이 서로 화합하고 사랑해야 한다고 믿었습니다. 그리고 그 신념을 지키기 위해 끝까지 노력했습니다.

간디는 인도가 하나의 국가로 독립하기를 바랐습니다. 하지만 인도는 1947년 8월 15일 힌두교를 믿는 인도와 이슬람교를 믿는 파키스탄으로 분리 독립되었습니다. 분리 독립 후에도 종교적 갈등이 가라앉지 않아 수많은 사람들이 부상당하고 죽어 갔습니다.

간디는 힌두교를 믿었지만 이슬람교를 배척하지 않았습니다. 폭력을 버리고 종교적 화합을 통해 인도에 평화가 찾아오기를 바랐습니다. 비폭력과 평화가 간디가 지키고자 했던 신념이었으니까요.

신분이나 종교, 인종을 넘어선 하나 된 인도를 꿈꾸던 간디는 종교적 갈등이 극에 달했던 1948년 1월 30일, 자신과 같은 힌두교의 한 광신도에게 총을 맞아 세상을 떠났습니다.

신념은 어떤 어려움 속에서도 지키고 싶은 마음입니다. 꿈이 있다면 목표를 세우고, 자신감으로 자신을 무장하고, 이루고 말겠다는 신념을 가지세요. 신념이 강하면 어떤 어려움 속에서도 자신을 지탱할 수 있으니까요.

카네기처럼

자신과 약속하라

목표를 세우고 실천할 때 자신과 약속하세요. 날마다 거울을 들여다보듯, 잘 보이는 곳에 목표를 적어 놓고 잊지 않도록 자주 자신과 실천의 약속을 하세요.

기한을 정하라

꿈을 이루기 위한 단계별 목표를 세웠다면 그 목표들에 기한을 정하세요. 무엇을 어떻게 언제까지 할 것인지, 구체적일수록 꿈은 더욱 실천 가능해지지요.

자기를 알자

남의 판단에 의존하지 마세요. 칭찬받기 위해 공부하지 말고, 내 꿈을 위해 공부하세요. 자기가 진정 하고자 하는 것이 무엇인지 모르고 받는 칭찬은 내 인생의 길을 개척해 주지 못하니까요.

실수를 용서하라

확고한 신념만 있다면 자신의 실수에 절망하지 말고 너그럽게 용서하세요. 실수는 반복하지 않으면 되니까요.

외면해서는 안 될 양심과 정의

삶이라는 어두운 길을 인도하는 유일한 지팡이는 양심이다.

  −하이네

소설가 에드거 앨런 포는 '나쁜 짓이나 어리석은 짓을 해서는 안 된다는 것을 잘 알면서도 그런 것들을 저지르고, 또 저지르는 것이 인간'이라고 했습니다.

우리는 분명 무엇이 옳고 그른지 구분할 수 있습니다. 하지만 알면서도 모르는 척 나쁜 짓을 저지르기도 합니다.

우리는 사람들과 사회 속에서 어울려 살아가는 존재지요. 그런데 그 사회에 양심과 정의가 사라진다면 어떻게 될까요?

질서나 규칙 같은 것은 사라질 것입니다. 양보와 배려도 없을 것이고, 나눔이나 동정, 사랑 같은 것도 없을 것입니다. 모두가 양심과 정의를 저버린다면 자신의 이익을 위해 온갖 나쁜 짓을 저지르는 무서운 사회가 되겠지요. 그러면 사회는 붕괴되고 말 것입니다.

우리는 오래 전 옛날 사회를 이룬 순간부터 서로를 배려하고 사랑하고, 더불어 살아가야 한다는 것을 알고 있었지요.

폴란드의 시골에 사는 마리아는 가정 형편이 어려웠습니다. 그래서 가정교사 생활을 하며 생활비를 벌고, 프랑스로 유학 간 언니 학비까지 보냈습니다.

가난하지만 성실하고 마음씨 고왔던 마리아는 어느 날, 어떤 포스터 앞에 모여 있는 아이들을 보았습니다.

"누나, 누나. 저기 뭐라고 쓰여 있어요?"

그 아이들은 마리아가 가정교사로 일하는 집 이웃의 아이들이었습니다.

"너희들 글자를 못 읽니?"

"네, 글을 가르쳐 주는 사람이 없거든요."

"우리 아빠도 글을 몰라요."

아이들에게 포스터의 글을 읽어 준 후 마리아는 고민에 빠졌습니다. 아이들이 글을 모른 채 어른이 되는 것이 안타까웠습니다.

마리아는 가정교사로 일하고 있는 집의 주인 아저씨를 찾아갔습니다.

"아저씨, 제 방에서 이웃의 아이들을 가르쳐도 될까요?"

"아이들을 가르치는 건 괜찮다만, 형편이 어려운 아이들이라 돈도 못 받을 텐데?"

"돈 때문이 아니에요. 우리 아이들이 글을 모른 채 어른이 되게 할 수는 없잖아요. 무료로 가르칠 거니까 허락해 주세요."

주인집 아이들을 가르치고 자기 공부도 해야 했지만 마리아는 마음의 소리인 양심에 따라 이웃집 아이들까지 가르치며 하루하루 성실하게 보냈습니다.

성실하게 일하고 공부한 마리아는 프랑스 소르본 대학 과학부에 입학했습니다.

마리아라는 이름은 프랑스식 이름인 마리가 되었고, 그곳에서 피에르 퀴리를 만나 결혼했습니다.

마리 퀴리가 된 마리는 남편 피에르와 함께 방사선 연구를 시작했습니다. 그리고 마침내 새로운 방사성 원소를 발견해 냈습니다.

"피에르, 우리가 발견한 첫 번째 원소를 폴로늄이라고 이름 지어요. 조국 폴란드를 기리는 의미로 지은 거예요."

마리는 통일되지 못한 조국 폴란드를 생각하며 자기가 발견한 첫 번째 원소에 폴로늄이라는 이름을 붙였습니다.

퀴리 부부는 방사성 원소인 라듐도 발견해 냈습니다.

그러자 부부를 취재하려고 많은 기자들이 찾아와 물었습니다.

"노벨물리학상 수상을 축하드립니다. 그런데 왜 특허 등록을 하지 않으셨습니까?"

기자들은 방사성 원소에 특허 등록을 하지 않은 것을 의아해 했습니다.

"라듐은 암을 치료하는 데 큰 효과가 있습니다. 생명을 구하는 원소인 라듐을 세상 모든 사람들이 평등하게 나누어 썼으면 하는 바람입니다."

"하지만 특허를 내면 많은 돈을 벌 수 있지 않습니까. 그러면 연구비 걱정을 하지 않아도 될 텐데요."

"저희가 걱정하는 것은 단 한 가지뿐입니다. 그것은 부족한 연구비가 아니라, 저희가 발견한 것들이 나쁜 사람들 손에 들어가 위험한 용도로 쓰이지는 않을까 하는 것입니다."

퀴리 부부는 라듐을 평화로운 용도로 사용할 것을 주장했습니다.

"피에르와 저는 인류의 양심을 믿습니다. 인류는 과학을 올바른 쪽으로 사용할 수 있도록 노력해야 합니다."

퀴리 부부는 자신들이 발견한 원소가 정의롭게 쓰이길 원했습니다. 그래서 아무런 특허도 내지 않았지요. 자신들의 노력으로 발견한 것이지만, 그것은 인류의 자원이므로 모든 인류가 공평하게 사용하기를 바랐던 것입니다.

암 같은 무서운 질병에 걸렸을 때 방사능 치료를 받을 수 있는 것도 퀴리 부부의 방사능 연구 덕분입니다.

하지만 반대 상황도 있습니다. 퀴리 부부는 인류의 양심을 믿는다고 했지만, 오늘날 인류는 방사능을 이용해 핵무기를 만들고 있습니다. 자기 나라를 지키기 위해 핵무기를 만든다고 하지만 그것이 결국 인류를, 지구를 핵전쟁의 공포로 몰아 가고 있는 것이지요.

우리는 서로 상대를 의심하며 본인의 양심을 저버리고 있는 것은 아닌지 생각해 봐야 합니다. 정의롭지 못한 승리는 오래가지 못합니다. 남의 손해를 통해 이익을 얻은 성공 또한 오래가지 못하지요. 누군가는 다시 내 손해를 발판 삼아 이익을 보려고 할 테니까요.

카네기처럼

거짓말을 하지 마라

거짓말로 순간을 모면하는 습관은 진짜 위기가 찾아왔을 때 올바른 해결책을 찾을 수 없게 만들어요.

느낌에 솔직하라

기쁨, 슬픔, 행복, 화, 즐거움 등 자신의 느낌에 솔직하세요. 느낌을 솔직하게 표현할 줄 아는 사람이 말도 정직하게 할 수 있으니까요.

모두가 평등하다

사람은 누구나 평등하다는 것을 잊지 마세요. 나보다 공부를 못 하거나, 못생겼거나, 가진 게 없다고 나보다 못난 사람은 아니에요. 우리는 서로 잘하는 것이 다르고, 생김새가 다르고, 장점이 다를 뿐이지요.

정직은 때로 너그러움이다

정직하려고 모든 것을 솔직하게 말할 필요는 없어요. 때로는 비밀을 지켜 주거나 너그럽게 감싸 주는 것이 더 좋을 때도 있지요.

위기와 기회의 갈림길, 판단과 결정

결단을 내리지 않는 것이야말로 최고로 나쁜 일이다.

—데카르트

사람들은 자신의 결정에 얼마나 만족하며 살아갈까요? 밥 먹는 것부터 하나하나 결정하며 살아가는 인생 속에서 우리의 결정은 늘 옳을까요?

우리는 자신의 결정에 만족할 때도 있고, 후회할 때도 있습니다. 옳은 판단이라고 생각했던 것이 때로 잘못된 결과를 가져올 때도 있고, 잘못된 판단이라고 생각했던 것이 의외로 좋은 결과를 가져올 때도 있지요.

판단하고 결정을 내리는 것은 쉬운 일이 아닙니다. 항상 자신이 원하는 결과를 얻을 수는 없으니까요. 그래서 무언가를 판단하고 결정할 때는 신중하고 또 신중해야 합니다.

생각 없이 즉흥적으로 내린 결정은 신중하게 내린 결정보다 실패할 확률이 훨씬 크니까요.

그런데 더 나쁜 것은 아무런 결정도 내리지 못하고 우물쭈물하는 것입니다.

판단과 결정은 행동으로 이어집니다. 그러므로 결단을 내리지 못하고 망설이고만 있다는 것은 아무런 행동도 하지 않는다는 것과 같은 뜻이지요.

1939년 8월 어느 날이었습니다. 아인슈타인은 미국의 루스벨트 대통령에게 편지를 보냈습니다.

"핵무기?"

편지를 받은 루스벨트는 깜짝 놀랐습니다.

"이게 정말 아인슈타인 박사가 보낸 편지란 말인가?"

루스벨트는 아인슈타인이 원자폭탄을 만들어야 한다고 제안한 편지를 보고 놀랐습니다.

반전운동가이자 평화주의자였던 아인슈타인이 루스벨트에게 원자폭탄을 만들어야 한다고 주장한 것은 독일 때문이었습니다. 독일이 자신의 과학 이론을 이용하여 원자폭탄을 연구하고 있다는 소식을 들었기 때문입니다.

"지금 당장 원자폭탄 연구를 시작하게."

루스벨트는 '맨해튼 계획'이라 이름 지은 원자폭탄 제조 계획을 현실에 옮기기 시작했습니다. 그리고 9월 제2차 세계 대전이 벌어졌습니다.

"독일이 원자폭탄을 만들 만한 기술이 없다고?"

아인슈타인은 뒤늦게 독일이 원자폭탄을 만들 기술이 없다는 것을 알았습니다.

하지만 미국은 이미 원자폭탄 제조 연구를 시작했으며, 1945년 7월 원자폭탄 실험에 성공했습니다.

"박사님, 일본에 원자폭탄이 떨어졌다고 합니다."

"뭐라고?"

아인슈타인은 주저앉고 말았습니다.

미국이 1945년 8월 9일 일본 나가사키에 원자폭탄을 투하한 것이었습니다. 원자폭탄 공격을 받은 일본은 그 즉시 항복했으며, 전 세계는 핵무기의 위력에 떨며 공포에 휩싸였습니다.

"아, 나의 이론은 이런 곳에 쓰려던 것이 아닌데."

아인슈타인은 절망했습니다.

"내 실수야. 독일이 핵무기를 만들 능력이 없다는 것을 알았다면 절대 핵무기 제조를 권유하지 않았을 거야. 핵무기는 인류의 적이야."

아인슈타인은 루스벨트 대통령에게 원자폭탄을 만들어야 한다고 편지를 썼던 것을 두고두고 후회했습니다.

"이대로 가만있을 수는 없어. 핵무기는 지구상에서 사라져야 해."

아인슈타인은 핵전쟁으로부터 인류를 구하기 위해 '원자과학자협회'를 결성하고, 회장을 맡아 모든 핵무기 개발 금지 및 핵무기 폐기 운동을 벌이기 시작했습니다.

그런데 원자폭탄의 위력을 알게 된 미국은 수소폭탄 같은 더 강력한 핵무기를 만들기 위해 연구를 시작했습니다.

"수소폭탄은 원자폭탄보다 더 강력합니다. 절대 만들어서는 안 돼요."

아인슈타인은 목소리를 높여 수소폭탄 개발을 막으려고 했습니다.

"사람들은 왜 서로 다른 생각을 하는 걸까? 무엇이 옳고 그른지도 모르면서 왜 자신만 옳다고 하는 걸까?"

제2차 세계대전이 끝나고 미국과 소련은 경쟁하듯 무기 개발에 힘썼습니다. 그 모습을 보며 아인슈타인은 절망하고 또 절망했지만 미국과 소련의 지도자들이 옳은 판단을 해주길 바라며 반전운동, 핵무기 개발 금지 등의 평화운동을 계속해 나갔습니다.

아인슈타인은 독일의 핵무기 개발이 전 세계를 위협할 것이라고 판단했습니다. 그래서 독일로부터 세계를 구하기 위해 핵무기 개발을 권유하는 편지를 쓴 것이지요.

하지만 그것은 잘못된 정보로 인한 잘못된 판단이었습니다. 뒤늦게 독일이 핵무기 제조 능력이 없다는 것을 알았을 때 아인슈타인은 자신의 판단을 크게 후회했습니다. 편지를 쓴 자신의 손가락을 불태워 버리고 싶다고 할 정도로 그때의 일을 평생 후회했지요.

이처럼 판단과 결정은 어려운 일입니다. 나의 결정이 갑작스런 상황이나 환경 변화에 따라 다른 결과를 가져올 수 있으니까요.

그럼에도 불구하고 우리 스스로 판단하고 결정해야 하는 이유는, 판단과 결정이 행동의 시작이기 때문입니다. 행동해야 꿈을 이룰 수 있고, 실패한다고 해도 다시 도전할 수 있는 기회를 얻을 수 있습니다.

하지만 행동이 없으면 성공도 없습니다. 실패나 실수를 만회할 기회조차 생기지 않는 것이지요.

카네기처럼

생각하고 또 생각하라

성급한 행동은 실수를 범하기 쉽지만 신중한 행동은 원하는 결과를 얻을 수 있도록 도움을 주지요. 그러니 생각하고 또 생각하세요.

의논하라

혼자 결정하기 어려운 일이 있다면 의논하세요. 생각이 모이면 좀 더 좋은 결정을 하는 데 도움이 될 거예요.

독단적인 사람이 되지 마라

자기 주장만 옳다고 생각하지 마세요. 우리가 미처 보지 못한 것을 다른 사람이 볼 수도 있으니까요. 자기 주장만 옳다고 하는 사람은 자기가 살피지 못한 문제점을 결코 해결할 수 없어요.

회피하지 마라

선택이나 판단을 회피하지 마세요. 실수가 생길 수 있다고 해도 자신의 일은 자신이 판단하고 결정해야 하는 거예요.

꿈을 이루는 도구, 지식

학습이란 이미 알고 있던 것을 재발견하는 것이며
행동은 아는 것을 실천에 옮기는 것이다.

   −리처드 바크

우리는 많은 것을 배우며 자랍니다. 조기 교육이라고 해서 유아기부터 무언가를 공부하기 시작하지요. 학교에 들어가서는 선택이 아니라 의무적으로 공부를 시작합니다. 공부를 하지 않으면 실패자가 될 것 같은 분위기가 만들어지지요.

그리고 지식을 쌓기 위해 많은 공부를 합니다. 지식이 많아야 성공할 수 있다고 믿고 있지요.

지식이 많은 사람이 지식이 적은 사람보다 성공할 가능성이 높을까요?

성공은 지식을 얼마나 많이 쌓았느냐보다 지식을 어떻게

활용하느냐에 달려 있다고 합니다. 자신이 쌓은 지식을 재능으로 연결할 줄 아는 사람이 원하는 꿈을 이룰 수 있는 것이지요.

우리는 각자 다른 꿈을 꾸는데 왜 똑같은 공부를 하는 걸까요? 성적이 중요한 것이 아니라, 그것을 내 꿈에 어떻게 활용할 것인가를 생각하세요.

가난한 농부의 아들로 태어난 헨리는 농사일에는 도무지 관심이 없었습니다. 농사짓는 일보다 기계에 더 관심이 많았지요. 날마다 무언가 만지고, 분해하고, 고치며 기계를 가지고 놀았습니다.

하지만 시골에서 만질 수 있는 기계는 그리 많지 않았습니다. 새로운 기술을 배울 만한 기회도 별로 없었지요.

농사일도 싫고, 학교 공부도 재미없었던 헨리는 열여섯 살에 집을 떠나 기계 공장이 많은 디트로이트로 향했습니다.

"기계를 만져 본 적 있니?"

"그럼요. 무엇이든 뚝딱뚝딱 잘 만듭니다."

"그래? 그럼 오늘부터 일을 배워 보거라."

헨리는 차량 공장에서 견습공으로 일하기 시작했습니다.

"와, 재미있다!"

헨리는 신이 났습니다. 시골에서는 보지 못했던 기계들이 많았습니다.

헨리는 모든 기계를 다 알고 싶었습니다. 그래서 열심히 일했지요. 견습공이 된 지 일주일 만에 공장 안의 기술은 다 익혔을 정도였습니다.

"헨리, 너는 기계 박사로구나!"

공장 사람들은 모두 헨리를 칭찬했습니다. 헨리는 무척 기분이 좋았습니다.

하지만 이내 재미가 없어졌습니다. 기술을 다 익혔기 때문에 새로 배울 기술이 없었거든요.

"새로운 기술을 배우러 가야겠어!"

헨리는 차량 공장을 그만두고 새로운 기술을 배우러 떠났습니다. 그리고 쇠를 녹여 물건을 만드는 주물 공장에 취직했습니다. 얼마 지나지 않아 그 공장에서 배울 수 있는 기술들을 모두 익혔지요.

"헨리, 일을 그만두겠다고?"

"네, 다른 기술을 배우고 싶거든요."

"너는 참 끈기가 없구나. 지난번 차량 공장에서도 얼마 있지 못했다면서?"

"네, 그런데 저는 끈기가 없는 것이 아니라 호기심이 많아서 그런 거예요. 아직 배우고 싶은 기술들이 많거든요."

사람들은 일자리를 쉽게 그만두는 헨리를 어리석다고 생

각했습니다. 하지만 헨리는 사람들의 시선에 신경 쓰지 않았습니다.

"저 거대한 배는 어떻게 만들어질까? 거대한 만큼 다양한 기술이 필요하겠지?"

헨리는 조선소에 취직해 배 만드는 기술을 배우기 시작했습니다.

학교 공부에 흥미를 못 느껴 학업 성적은 좋지 않았지만 헨리는 자신이 배우고 싶었던 기계 기술에 대해서는 천부적인 재능을 발휘했습니다. 그래서 가는 곳마다 새로운 기술을 배우며 못 만지는 기계가 없을 정도로 뛰어난 기술자가 되었지요.

"이제 뭘 하지? 기술은 배울 만큼 배운 것 같은데."

오랜 시간 동안 다양한 기술을 배우고 익힌 헨리는 새로운 도전을 시작하려는 참이었습니다.

무엇을 할까? 헨리는 그리 오래 고민하지 않았습니다. 십 대 때부터 관심이 있었던 자동차가 머릿속에 가득했기 때문입니다. 헨리는 에디슨이 설립한 에디슨 회사의 기술책임자 자리를 그만두었습니다.

직접 자동차 만들기에 성공한 헨리는 1903년 마흔의 나이에 동업자와 함께 자동차 회사를 차렸습니다. 그 회사가 바로 포드 자동차회사입니다.

요즘 사람들은 대학교를 졸업하지 않으면 패배자가 되기라도 하듯 너나없이 대학교에 진학하려고 합니다. 그리고 꿈이 아닌 성적에 맞춰 학교와 전공을 선택합니다.

결국 대학을 오기까지의 모든 공부는 꿈이 아닌 학벌을 위한 공부가 되는 것이지요. 어린 시절 바랐던 꿈이 성적에 의해 바뀌고 마는 것입니다.

하지만 헨리 포드는 꿈을 이루기 위해 지식을 쌓았습니다. 그리하여 포드 자동차를 탄생시킬 수 있었지요.

학업 성적은 좋은데 꿈을 이루지 못한 사람이 있고, 학업 성적은 나쁜데 꿈을 이룬 사람이 있다면 그 차이는 지식의 활용에 있을 것입니다.

배운 지식을 자신의 꿈에 얼마나 잘 활용했느냐에 따라 성공과 실패가 나뉘는 것이지요.

카네기처럼

이 순간을 소홀히 하지 마라

영국 속담에 햇빛이 있는 동안 건초를 만들라는 말이 있습니다. 무슨 일이든 때가 있다는 말이지요. 지금 이 순간에 충실하세요. 지금 배워야 할 것들은 지금 배우세요. 그래야 내 꿈에 활용할 수 있으니까요.

생각의 유연성을 키워라

생각을 다각도로 하는 습관을 들이세요. 어떤 문제가 해결 안 될 때, 안 된다고만 생각하지 말고 여러 각도에서 생각해 보는 것이지요.

기초를 탄탄히 하라

기초가 탄탄하지 못한 성공은 잠깐의 행운일 뿐이에요. 기초를 탄탄히 해야 지식을 다양하게 활용하고, 꿈을 튼튼하게 지킬 수 있어요.

배운 것을 실천에 옮겨라

지식을 쌓기만 하고 실천에 옮기지 않으면 지식을 활용하지 않는 거예요. 그런 지식은 곧 잊히고 말지요.

자신을 통제하는 절제와 절약

근면은 부유의 오른손이고, 절약은 그 왼손이다.

　-J. 레이

우리는 각자 자기 삶의 책임자입니다. 부모나 친구는 조언자가 될 수는 있어도 내 삶의 책임자는 되어 줄 수 없지요. 그래서 우리는 각자의 삶을 충실히 꾸려 나가야 합니다.

프랑스의 사상가 루소는 "인간의 자유는 원하는 것을 할 수 있는 데 있는 것이 아니라, 원하지 않는 것을 하지 않아도 되는 데 있다."라고 했습니다.

하지만 우리는 하고 싶은 것만 하면서 살아갈 수는 없습니다. 수없이 얽힌 사회의 관계 속에서 때로는 하고 싶지 않은 일을 해야 할 때도 있지요. 자신을 통제하지 못하는 사람일수록 원하지 않는 일을 하면서 살아가는 경우가 더 많습니다.

원하는 삶을 살아가기 위해 스스로를 절제한다니, 말이 되는 얘기일까요? 도대체 무엇을 절제해야 우리가 원하는 삶을 살아갈 수 있는 걸까요?

벤저민 프랭클린은 어려서부터 책 읽기를 좋아했습니다. 그러던 중 채식주의에 관한 책을 읽게 되었습니다.

"채식을 하면 많은 것을 절약할 수 있겠구나!"

평소 검소한 생활을 하던 벤저민은 열여섯의 나이에 채식주의를 결심했습니다.

그리고 형에게 물었습니다.

"형, 내 식비를 내게 직접 주면 안 될까?"

"식비를 달라고?"

"인쇄소에서 일하는 직원들 모두 각자의 식비가 있을 것 아니야. 그중에서 내 식비는 나에게 직접 줬으면 좋겠어."

형의 인쇄소에서 일하고 있던 벤저민은 자신의 식비로 하고 싶은 것이 있었습니다.

"왜?"

"나는 채식 위주의 식사를 할 거거든. 앞으로 혼자서 밥을 먹어야 할 것 같아. 식비를 주면 내가 알아서 해결할게."

"알았어, 그렇게 하자."

벤저민은 형에게 식비를 받아 채식 위주의 식사를 하기 시작했습니다.

"고기를 먹지 않으니까 식비가 반으로 줄었네!"

벤저민은 남은 식비로 좋아하는 책을 샀습니다.

"역시 절제는 좋은 거야."

벤저민은 형과 직원들이 식사를 하러 가면 혼자 인쇄소에 남아 채식을 하고, 남은 시간 동안 책을 읽으며 공부했습니다.

어려서부터 자기 절제와 절약을 실천하며 자란 벤저민은 어른이 되어서도 마찬가지였습니다.

늘 성실하고 검소하게 생활하며 자기 계발을 멈추지 않은 벤저민 프랭클린은 훗날 미국의 독립을 이끌어 건국의 아버지라 불리게 되었지요.

석유왕이라 불리는 록펠러에게서도 자기 절제와 절약의 정신을 엿볼 수 있습니다.

록펠러가 자주 가는 식당이 있었습니다. 그는 그곳에서 점심 식사로 간소한 35센트짜리 음식을 먹고 15센트의 팁을 지불하여, 점심 식사 비용으로 총 50센트를 사용했습니다.

"계산서입니다."

어느 날 식사를 마칠 때쯤 종업원이 계산서를 가져왔습니다. 록펠러는 늘 같은 음식을 먹었지만 꼼꼼한 성격 때문에 계산서 보는 일을 빼먹은 적이 없었습니다.

"나는 35센트짜리 음식을 먹었는데 45센트로 되어 있군. 고쳐 오게."

록펠러는 계산서의 금액이 잘못되었다고 지적하며 고쳐 오게 했습니다.

잠시 후 종업원은 계산서를 고쳐 가지고 돌아왔습니다.

"계산서를 꼼꼼히 보는 습관을 들이게."

록펠러는 음식값 35센트와 5센트의 팁을 건넸습니다. 평소보다 작은 5센트의 팁을 받은 종업원은 눈살을 찌푸리며 투덜댔습니다.

"부자가 그깟 10센트 때문에……."

그러자 록펠러가 말했습니다.

"10센트가 우스운가? 그렇게 생각한다면 자네는 평생 식당 종업원 자리를 벗어나지 못할 것일세. 하지만 지금부터라도 10센트를 소중히 여긴다면 식당의 주인도 될 수 있고, 언젠가는 내 주목을 끄는 경영인이 될 수도 있겠지."

어려서 가게 점원으로 일을 시작한 록펠러는 늘 검소했습니다. 작은 돈이 모여 큰돈이 된다는 것을 잘 알고 있었던 것입니다.

벤저민 프랭클린은 저술가이자 발명가이며, 미국 독립을 이끈 정치가입니다. 그는 현재 미국에서 통용되는 화폐 중 가장 높은 단위인 100달러 지폐의 모델이기도 하지요. 록펠러는 석유사업가이자 자선사업가로 미국 역사상 최고의 부자로 손꼽히는 인물입니다.

벤저민 프랭클린과 록펠러 모두 어려서부터 일을 하며 자수성가한 사람들입니다. 그들의 공통점은 절제와 절약에 있습니다. 늘 발전적인 꿈을 꾸고 성실하고 부지런하게 생활하도록 자신을 다스렸으며, 시간과 돈 등을 절약하는 습관을 가지고 있었지요.

자기 절제와 절약은 게으름과 쾌락을 물리치고 시간과 돈을 잘 활용할 수 있게 도와줍니다. 그것이 곧 성공의 비결이지요.

자기 절제와 절약을 하지 못하는 사람은 10센트의 가치를 모르는 식당 종업원처럼 다른 사람의 말을 따르며 살아가게 될 것입니다.

카네기처럼

준비하라

준비하는 습관은 시간을 절약해 줘요. 준비물을 챙기지 않아 바동거리는 것, 숙제처럼 해야 할 일을 하지 않아 걱정하는 것도 시간을 낭비하는 거예요.

시간을 계획적으로 사용하라

독일의 철학자 쇼펜하우어는 "평범한 사람은 시간을 소비하는 것에 마음을 쓰고, 재능 있는 사람은 시간을 이용하는 것에 마음을 쓴다."라고 했어요. 계획적인 생활은 꿈을 앞당기는 지름길이 되지요.

낭비하지 마라

돈을 낭비하지 마세요. 불필요한 곳에 낭비만 하지 않아도 내 지갑에는 늘 돈이 있을 거예요.

작은 것을 소중히 하라

돈을 절약하고, 잔돈도 소중히 생각하는 습관을 들이세요. 작은 것이 모여 큰 것이 됩니다. 우리 삶도 작은 행동들이 모여 미래의 모습을 만드는 것이지요.

굳건한 정신, 의지

인생의 시초는 곤란이다.
그러나 성실한 마음만 있다면 물리칠 수 없는 곤란은 거의 없다.

　　-소크라테스

중국 속담에 '의지가 있으면 돌도 뚫을 수 있다'는 말이 있습니다. 방글라데시에는 '의지가 있으면 수단은 생기게 마련이다'는 말도 있지요. 이 속담들은 의지만 있다면 무엇이든 해낼 수 있다는 의미를 담고 있습니다.

　의지는 굳건한 정신과 마음입니다. 무엇에도 굴복하지 않고, 어떤 어려움도 이겨 낼 수 있다는 자신감이 담긴 낱말이지요. 그래서 의지는 어려움, 위기, 절망 속에서 더 빛나는 말입니다.

　힘차게 한 도전이 실패로 돌아갔을 때, 나는 역시 안 되는구나 절망에 빠졌을 때 '의지'는 모든 것을 극복하게 만드는 힘이 되지요.

역사에 이름을 남긴 사람들 중 의지 없이 성공을 거둔 사람은 없습니다. 운이 좋아 잠깐의 성공을 거둔 사람도 의지 없이는 그 성공을 지켜 내지 못하지요.

여기 자신의 실수나 잘못 없이 시련을 맞은 사람이 있습니다. 도저히 헤어 나올 수 없을 것 같은 크나큰 시련과 절망을 어느 날 갑자기 떠안게 된 사람이지요. 그에게 의지는 어떤 힘이 되어 줄까요?

영국에 '똑똑박사'라 불리는 소년이 있었습니다. 소년의 이름은 스티븐으로 수학, 과학에 특별한 재능을 가지고 있었습니다. 무엇이든 척척 계산하고 만들어 친구들을 놀라게 했습니다.

"엄마, 아빠. 저는 진리의 탐구자가 될 거예요."

책을 보다 말고 거실로 달려온 스티븐이 소리쳤습니다.

엄마, 아빠는 갑작스런 스티븐의 말에 고개를 갸웃했습니다.

"진리의 탐구자라니?"

"수학이나 과학은 인류의 궁금증을 해결해 주는 열쇠였잖아요. 그러니 그런 학문을 연구하는 사람들을 진리의 탐구자라고 부를 수 있잖아요."

"그렇구나! 너는 수학이나 과학을 공부하고 싶구나?"

"네! 저는 잘할 수 있어요."

스티븐은 일찌감치 자신의 꿈을 결정했어요. 진리의 탐구자가 되기 위해 열심히 공부했지요.

그리하여 옥스퍼드 대학교 물리학과에 입학했으며, 이후 캠브리지 대학원 물리학과에 입학하여 박사 공부를 시작했습니다.

"왜 이렇게 피곤하지?"

1963년 어느 날, 스물두 살이던 스티븐은 친구들과 운동을 하고 돌아온 후 몸을 가눌 수 없을 정도로 피곤함을 느꼈습니다. 그래서 다음 날 병원을 찾았지요.

"근위축증이에요."

스티븐은 자신의 귀를 의심했습니다.

근위축증은 일명 루게릭 병이라고 불리는 아주 무서운 병으로, 운동신경세포가 파괴되어 근육이 위축되는 병이었습니다. 나중에는 호흡근육까지 마비되어 사망에 이르게 되는 병이었지요.

스티븐은 아무것도 할 수 없었습니다. 진리의 탐구자 같은 꿈은 머리에서 사라지고, 길어야 2년밖에 살지 못한다는 의사의 절망적인 소리만이 남아 있었습니다. 그렇게 스티븐은 절망 속으로 빠져들었습니다.

하지만 어느 날, 스티븐은 다시 책상 앞에 앉았습니다. 곁에는 그를 따스하게 지켜 주는 여자 친구 제인이 있었습니다.

"내가 당신 곁에서 늘 함께할게요."

병 때문에 다리 근육이 약해진 스티븐은 지팡이를 짚고 제인과 결혼했습니다.

"내 연구는 이제부터 시작이야!"

스티븐의 머릿속에는 다시 우주가 들어찼습니다. 몸은 점점 위축되어 이제 휠체어 없이는 움직일 수 없게 되었지만 스티븐은 1973년 세계를 놀라게 할 연구 결과를 발표했습니다.

"블랙홀은 검은 것이 아니라 빛보다 빠른 속도의 입자를 방출하며 뜨거운 물체처럼 빛난다."

이제껏 사람들은 블랙홀을 모든 물체, 또 빛까지 빨아들이는 무서운 검은 구멍으로 생각해 왔습니다. 팔다리가 마비되어 제대로 움직일 수도 없는 과학자가 이제껏 믿고 있던 우주 이론을 단번에 바꿔 놓은 것이었습니다.

"뉴턴과 아인슈타인의 뒤를 잇는 천재 물리학자의 탄생이야!"

사람들은 그를 최고의 과학자로 인정했습니다. 그가 바로 스티븐 호킹입니다.

    스티븐 호킹은 어느 날 갑자기 자신의 의지와는 상관없이 시련을 맞았습니다. 하지만 그 시련도 스티븐 호킹의 꿈을 막지는 못했습니다. 그에게는 불굴의 의지가 있었으니까요.

    스티븐 호킹은 온몸이 굳어 지금은 손가락 하나 움직일 수 없으며, 말도 하지 못합니다. 하지만 그는 아직도 진리의 탐구자가 되어 연구를 계속하고 있으며, 눈의 초점으로 마우스를 조절하거나 화상 키보드 등을 통해 겨우 의사소통을 하고 있지요.

    스티븐 호킹은 병마와 싸우면서도 꿈을 잃지 않았으며, 진리의 탐구자가 되겠다는 의지를 꺾지 않았습니다.

    그리고 사람들에게 이렇게 말했습니다.

    "오래 살지 못할 거라는 예상이 나를 더 열심히 살게 하고, 더 많은 일들에 도전하게 했다."

    만약 스티븐 호킹에게 꿈이 없었다면 의지를 발휘하지 못했을 것입니다. 그리고 의지가 없었다면 꿈을 이루지 못했을 것입니다.

카네기처럼

사소한 노력을 기울여라

'처음에는 우리가 습관을 만들지만, 나중에는 습관이 우리를 만든다'는 말이 있어요. 작은 일에도 최선을 다해 보세요. 날마다 실천하는 노력들이 습관이 되면 어려울 때 강한 의지력을 만들어 낼 테니까요.

노력 없는 실패를 탓하지 마라

노력 없이 성공을 바라는 것은 어리석은 짓이고, 노력을 하지 않아 실패한 것을 탓하는 것도 어리석은 짓이지요.

마음의 주인이 되어라

마음이 몸의 주인이 되게 해야 합니다. 몸이 편한 일만 찾다 보면 몸이 마음의 주인이 되어 어려운 상황에서 노력이나 열정, 의지 등을 발휘할 수 없으니까요.

의심하지 마라

꿈을 향한 마음을 의심하지 마세요. 눈앞에 보이는 성과가 없더라도 노력하는 자신을 칭찬하며 앞으로 나아가세요.

성공의 발판, 실패

가능한 것이 생기려면 계속 불가능한 것에 도전해야 한다.

─헤르만 헤세

실패는 절망을 가져올까요, 희망을 가져올까요? 실패는 일을 잘못하여 그르친다는 뜻입니다. 어찌 보면 절망을 가져오는 것 같습니다. 그런데 이상하게도 "실패는 성공의 어머니다."라고 이야기합니다. 마치 실패가 희망을 가져오는 것처럼 느껴지지요.

실패가 희망을 가져오는 이유는 실패라는 말에 좌절과 극복이라는 말이 따라다니기 때문일 것입니다. 어떤 사람은 실패 후 좌절하지만 어떤 사람은 실패를 극복하니까요.

태국의 사육사들이 야생 코끼리를 길들이는 방법이 뭔지 아세요? 그것은 '실패에 길들이기'입니다.

새끼 코끼리 다리에 쇠사슬을 연결하고, 그 쇠사슬을 말뚝에 묶어 놓습니다. 새끼 코끼리는 쇠사슬을 끊으려고 발버둥을 치지만 그때마다 발목만 아플 뿐 쇠사슬을 벗어날 수가 없지요.

새끼 코끼리가 자라 어른 코끼리가 되었을 때는 어떨까요?

어른 코끼리의 힘이라면 충분히 쇠사슬을 끊고 도망칠 수 있지만 어른 코끼리는 발버둥을 치지 않습니다.

왜 그럴까요? 새끼 코끼리 시절 실패에 길들여졌기 때문입니다. 발목에 쇠사슬이 차여 있다는 사실만으로도 코끼리는 도망칠 시도를 하지 못하는 것이지요. 쇠사슬이라는 실패에 길들여진 야생 코끼리는 더 이상 야생 코끼리가 아닌 것입니다.

실패에 길들여지는 것은 사람도 마찬가지입니다. 어떤 사람은 야생 코끼리처럼 실패에 길들여져 극복하지 못하지만, 어떤 사람은 야생 코끼리와는 반대로 실패에 길들여집니다. 도전에는 늘 실패가 따르기 마련이라고 생각하며 다시 도전하고, 도전하지요. 실패에 익숙해지는 것입니다.

"이 날개도 안 되겠어."

윌버와 오빌은 벌써 수백 개가 넘는 날개를 만들었다 부쉈다 했습니다.

"이제 그만해. 벌써 몇 번째 실패야?"

친구들은 윌버와 오빌이 되지도 않을 일에 도전한다고 생각했습니다.

하지만 윌버와 오빌의 생각은 달랐지요.

"지난번보다 나은 실패였어."

"맞아, 점점 나아지고 있잖아."

윌버와 오빌은 실패할 때마다 조금씩 나아지고 있다며 서로를 격려했습니다. 그리고 다시 도전했지요. 실패에 길들여졌지만 결코 실패를 두려워하지 않았기 때문에 윌버와 오빌 형제는 비행기를 만들 수 있었던 것입니다.

그리하여 역사는 윌버 라이트와 오빌 라이트 형제를 비행기의 아버지, 개척자 등으로 기억하고 있는 것입니다.

라이트 형제뿐만이 아닙니다. 에디슨 또한 많은 실패를 맛보았습니다.

"박사님, 정말 수백 시간이나 가는 전구를 만들 수 있을까요?"

"당연하지."

"하지만 계속 실패하고 있지 않습니까."

"그건 좋은 징조요."

"실패가 좋은 징조라니요, 그게 무슨 말씀이십니까?"

"안 되는 방법을 하나하나 지워 갈 수 있지 않은가. 이제 곧 전구를 수백 시간 동안 밝힐 수 있는 방법을 찾게 될 거야."

에디슨은 무려 만 번이 넘는 실패 끝에 1,200시간이나 불을 밝힐 수 있는 전구의 필라멘트를 만들어 냈습니다. 에디슨의 발명품은 그렇게 수많은 실패 끝에 탄생했습니다.

어느 날은 연구실이 불타기도 했지요. 연구실이 손써 볼 틈도 없이 불길에 휩싸여 아무것도 건질 수 없는 처지에 놓이게 된 것입니다.

그 모습을 본 아들은 눈물을 흘리며 에디슨에게 말했습니다.

"아버지, 어떡해요? 어쩌면 좋아요?"

"아들아, 엄마를 모셔 오너라. 이만한 불구경을 언제 또 하겠느냐?"

오랜 시간 연구와 실패를 거듭한 에디슨은 자신의 모든 연구물이 불타는 상황에서도 좌절하지 않았습니다.

"다 타 버렸구나. 잘못된 오류와 실패들 또한 모조리 타 버렸으니, 이제 새롭게 시작하는 일만 남았구나!"

에디슨은 의연하게 말하고 다시 연구를 시작했습니다. 그리고 멋지게 발명품을 만들어 냈습니다.

카네기 꿈의 노트

영국 속담에 "사람의 걸음은 넘어짐의 연속이다."라는 말이 있습니다. 우리 삶에 그만큼 실패가 많다는 뜻이지요. 그러므로 실망하거나 좌절하지 말고 다시 일어나 도전하라는 말입니다.

역사에 이름을 남긴 사람들은 수백 수천 번의 실패 끝에 성공이라는 이름을 남겼습니다.

에디슨은 성공이란 결과로 측정하는 것이 아니라고 했습니다. 성공을 하기까지 소비한 노력의 총계로 측정해야 한다고 했지요. 성공이냐 실패냐가 아니라 자신이 얼마나 노력했느냐 하는 것을 더 중요하게 생각한 것입니다.

실패는 끝이 아닙니다. 다시 도전할 시간이 남은 이상 실패를 끝이라고 생각하지 마세요.

모든 도전은 실패하는 순간 끝나는 것이 아니라, 포기하는 순간 끝나는 것이랍니다.

카네기처럼

탓하지 말고 분석하라

실패를 탓하지 마세요. 환경 탓, 남의 탓, 시기 탓 등 실패의 원인을 다른 곳으로 돌리지 말고 문제점이 무엇인지 분석하세요.

행운을 기다리지 마라

노력 없이 행운을 기다리지 마세요. 행운도 노력하며 준비할 때 잡을 수 있는 것이에요.

자립심을 키워라

부모님이나 친구에게 의존하지 마세요. 어려울 때 도움을 받는 것은 괜찮지만, 시작도 하기 전에 의존하려 들고 모든 걸 부모님이 해 주길 바라면 도전 정신을 키울 수 없어요.

자기 계발에 신경 써라

자신의 모습을 발전적으로 바꿀 수 있는 자기 계발에 신경 쓰세요. 꿈을 이룬 뒤에도, 나이가 든 뒤에도 사람들이 평생교육을 통해 배움을 실천하는 이유는 자신의 모습을 좀 더 발전적으로 바꾸기 위해서지요.

미래를 발견하는 관심과 집중

자신이 하고 있는 일에 온 정신을 집중하라.
햇빛은 한 초점에 모아질 때 비로소 불꽃을 내는 법이다.
　　－알렉산더 그레이엄 벨

사람들은 미래가 아직 오직 않았기 때문에 늘 기대하고, 꿈꿉니다. 그런데 미래는 오지 않은 것이 아니라 겪지 않은 것입니다. 우리는 겪지 못한 일들을 상식이나 지혜, 경험 등을 통해 예측할 수 있습니다. 미래 또한 마찬가지입니다.

시간은 흐름입니다. 지금 이 순간은 미래를 향해 열려 있습니다. 자신의 미래를 발견하고 싶다면 현재 자신의 모습을 살펴보면 되지요.

현재의 내가 어떤 생각을 가지고 어떻게 살아가느냐가 미래를 발견하는 첫 번째 열쇠인 것입니다.

자신의 꿈에 관심을 가지세요. 막연하게 "무엇이 될 거야."라고 생각하지 말고, 자신의 꿈에 끝없는 관심을 보이세요. 그리고 그 꿈에 집중한다면 꿈은 막연한 것이 아닌 구체적인 것이 될 것입니다.

"쓸데없이 돌멩이는 왜 주워?"

친구들은 양손 가득 돌멩이를 들고 있는 다원에게 물었습니다.

"가지고 놀려고."

"물수제비놀이 하려고? 같이 하자."

친구들이 돌멩이를 주워 들더니 너도나도 물 위로 돌을 던졌습니다. 친구들의 돌멩이들은 물 위로 통통통 잘도 튀었습니다.

그런데 다원은 물수제비를 뜨지 않았습니다. 쭈그리고 앉아 돌멩이를 요리조리 관찰하기만 했습니다.

"다원, 뭐 해? 물수제비 안 해?"

"이것 좀 봐. 마치 그림을 그려 놓은 것 같지 않아?"

다원은 까만 돌에 회색빛 무늬가 새겨진 돌을 들어 올렸습니다.

"이렇게 보면 꼭 토끼 귀 같지?"

"그러네. 야, 이건 꽃잎 같다."

"이건 나무 같아."

친구들은 다윈을 따라 돌멩이에 새겨진 무늬 찾기 놀이를 했습니다.

하지만 다윈은 다른 것에 관심이 있었지요.

"검은 부분과 회색 무늬 부분은 서로 다른 돌일까? 왜 이 돌은 모래가 박힌 것처럼 우둘투둘하지? 돌멩이들은 어떻게 만들어진 걸까?"

다윈은 언제나 그랬습니다. 다윈이 하는 놀이는 친구들과 다른 것이었습니다.

다윈은 다른 친구들처럼 나뭇가지로 놀고, 새둥지를 가지고 놀고, 개미굴을 가지고 놀고, 낙엽을 가지고 놀았습니다. 하지만 친구들이 나뭇가지로 칼싸움을 하고, 새둥지의 알을 훔치고, 개미굴을 파며 놀 때 다윈은 나뭇가지의 생김새를 살피며 놀고, 새둥지의 새를 관찰하며 놀고, 개미굴의 개미를 관찰하며 놀았습니다.

친구들이 연날리기에 관심을 가질 때 다윈은 날아가는 새에게 관심을 가졌습니다.

"사람들의 팔과 다리는 다 똑같은데 새들의 날개는 왜 똑같지 않을까? 나뭇잎은 왜 다른 모양이지?"

다윈의 관심은 온통 자연에 있었습니다. 작은 돌멩이 하나부터 커다란 동물들까지 자연의 크고 작은 생명체와 무생

물에게도 관심을 보였습니다. 그러한 관심은 다윈의 미래를 열어 주는 길이 되었지요.

자라서 생물학자가 된 다윈은 인간의 손길이 닿지 않은 갈라파고스 섬에 탐사를 갔습니다. 그곳에서 핀치라는 새를 발견했지요.

"저것은 핀치가 아닌가? 그런데 옆 섬의 핀치와는 부리가 좀 다르군."

"부리가 다르다고요? 제가 볼 때는 비슷한 것 같은데요."

"비슷하지만 분명히 차이가 있어, 잘 보라고."

"기형일까요?"

"아니, 이 섬의 핀치들은 옆 섬의 핀치들과 다른 모양의 부리를 하고 있어. 기형이 아니야. 분명 다른 이유가 있을 거야."

다윈은 핀치에게 집중했습니다.

핀치의 날갯짓, 터전, 식습관 등을 관찰하다가 놀라운 사실 하나를 발견했습니다. 그것은 먹이에 따라 부리 모양이 다르다는 것이었습니다. 여러 개의 섬으로 이루어진 갈라파고스 섬 곳곳에 핀치가 살지만 섬에서 구할 수 있는 먹이의 종류에 따라 핀치의 부리가 조금씩 다르다는 것을 알게 된 것이지요.

다윈이 발견한 핀치는 일명 '다윈 핀치'로 불리며 진화론의 결정적 단서가 된 새입니다.

핀치는 먹이에 따라 부리 모양이 달랐는데, 딱딱하고 큰 씨앗이 많은 섬에 사는 핀치는 그것들을 잘 먹을 수 있도록 부리가 크고 뭉툭했습니다. 반면 씨앗이 땅속 깊이 박혀 있는 섬에 사는 핀치는 땅을 잘 파헤칠 수 있도록 부리가 뾰족했지요. 곤충을 잡아먹느냐, 과일이나 벌레를 먹느냐에 따라 부리가 달랐던 것입니다. 하나의 종이었던 핀치가 자연환경에 적응하기 위해 여러 형태로 진화한 것이었지요.

우주 만물이 신에 의해 창조되었다는 창조론을 믿던 시절, 동식물에 대한 다윈의 관심과 집중이 '진화론'을 탄생시킨 것입니다.

이처럼 관심과 집중은 생각을 발전시키고 깨달음을 얻게 하며, 꿈을 실현시키는 원동력이 됩니다.

카네기처럼

듣고, 보고, 느껴라

관심은 호기심과 관찰에서 시작돼요. 무언가에 대해 주의 깊게 듣고, 주의 깊게 보고, 온 정신을 다해 느끼는 것은 더 깊은 관심을 만들지요.

일의 순서를 정하라

집중하기 위해서는 일의 순서를 정하는 것이 좋아요. 해야 할 일들이 많을 때 무엇부터 할지를 정하는 것이 중요하지요.

집중할 시간과 장소를 마련하라

아침에 일어나서부터 잠자리에 들기 전까지 어느 때가 가장 집중이 잘 되는 시간인지 생각해 보세요. 그리고 가장 집중이 잘 되는 시간, 집중이 잘 되는 장소에서 자신이 하고자 하는 공부나 사색을 즐기세요.

쾌적한 환경을 만들어라

자신의 주변을 쾌적하게 하세요. 방을 쾌적하게 하고, 정신을 쾌적하게 하고, 일을 제때 마무리하는 것이지요. 정신이 맑아야 집중할 수 있지요.

카네기 청소년 프로그램

	청소년 카네기 코스 Dale Carnegie Course for Next Generation	청소년 행복 캠프 Happy Camp for Next Generation	청소년 스피치 코스 Carnegie Speech Course for Next Generation
목표	글로벌 리더로의 역량 개발	친구관계 및 행복 향상	말하기&인터뷰 능력 향상
내용	비전(꿈) 설정 자신감 증진 우호적 인간관계 형성 커뮤니케이션 스킬 함양 걱정&스트레스 조절	관계지향적 사고 함양 행복한 인간관계를 위한 사회성 개발 주변과 함께하는 리더십 역량 개발	긍정적 이미지 연출 비전과 가치관 말하기 건설적 의견 제시 면접에 대처하는 법
대상	초등 5·6학년, 중학생, 고등학생	초등 5·6학년, 중학생	중학생, 고등학생
기간	프리미엄 : 3일(24시간) 집중반 : 2일(16시간)	4박 5일(숙박)	1일(8시간) 비디오 촬영
방법		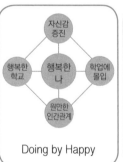	

카네기 생전의 모습

도중에 포기하지 말라.

망설이지 말라.

최후의 성공을 거둘 때까지 밀고 나가자.

－데일 카네기